Au Bord des Continents... Editions

# Merveilles & Légendes

## des

# Fées

## La clef des Songes

Textes et illustrations

Sandrine Gestin

# Le Chant des Fougères

Les énormes blocs de granit, jetés là par on-ne-sait-quel géant, paraissaient dormir d'un sommeil que rien ne semblait pouvoir perturber.
Un sommeil obscur et immuable.

Colossaux rochers, discrets témoins de tant d'histoires ordinaires et peut-être même extraordinaires.
Seuls détenteurs du secret de leur origine et de probablement tant d'autres.

Étrange spectacle que ces énormes rochers colonisés par la mousse, dispersés au beau milieu de cette forêt de chênes et de hêtres.
Parfois par centaines, blottis, entassés, les uns contre les autres.
Parfois solitaires ou encore les pieds dans l'eau.
Quelquefois, même, en équilibre précaire.

Chaos minéral à l'ombre bienveillante d'une forêt bretonne.
Huelgoat.

Marie soupira longuement.
Elle réajusta son bonnet de coton joliment orné de dentelles, lissa son tablier et essuya ses larmes.
Ces bottines cirées à la main – elle avait la chance de ne pas être obligée de porter des boutoucoats*–, elle posa un pied sur le rocher brûlant. Puis l'autre.
Elle sentit alors la puissance minérale monter en elle, jusque dans son cœur.
Cette puissance qui l'avait toujours impressionnée, sans pour autant lui faire peur. Elle savait que dans ces pierres impassibles sommeillait une force bienfaisance.

* Sabots de bois portés par les bretons jusqu'au milieu du 20e s.

Elle l'avait toujours su.

Pourtant, on racontait tellement d'histoire sur cette forêt… Des histoires horribles.

Lorsque la chaleur devint trop intense et vraiment désagréable, elle offrit un peu répit à ses pieds nus en se réfugiant sur la mousse fraîche et douce.

Et puis, ses pieds apaisés, elle se réchauffa à nouveau au feu du rocher.

Elle adorait ce petit jeu.

La plupart du temps, il la sortait de toutes ses tracas, des toutes ses peines.

Mais aujourd'hui, rien n'y fit.

Pierre l'ignorait toujours.

Pourtant, Marie l'aimait.

Alors son petit cœur de jeune fille saignait.

Pour se consoler, elle se rapprocha du beau chêne moussu dont les racines couraient sur l'une des pierres géantes.

Il lui semblait presque qu'au fil du temps, l'arbre penché s'était peu à peu rapproché du rocher.

Pour mieux l'enlacer,

Pour mieux l'embrasser.

Elle scruta les alentours.

Personne ne devait la voir.

Si ses amies l'apercevaient, elles se moqueraient d'elle.

Si le prêtre François en avait vent, il crierait à la diablerie.

Après avoir encore vérifié deux fois qu'elle était bien seule, Marie se blottit contre le tronc rugueux et ferma les yeux.

Et laissa ses larmes couler.

*Un cœur qui bat.*
*Un cœur qui s'ouvre.*

*Un cœur pas comme les autres.*

Ynora ouvrit lentement les yeux et sortit paisiblement de sa douce somnolence.

Elle sourit.
*Que cette étreinte est délicieuse.*
*C'est si rare.*
*Je sens que tu aimes, mon ami.*

Elle tendit l'oreille.
*Puis referma les yeux et écouta…*
*De la tristesse… Mais beaucoup d'amour aussi.*

Elle s'étira.

Une envie irrépressible…
Marie hésita.
*Si on me voyait…*
Finalement, mais tout de même un peu gênée, elle
embrassa le tronc moussu.

Pas si simple de faire selon son cœur.

*Mon ami, je frissonne encore de ce baiser.*
*Qu'il fut doux.*
*Tu trembles aussi…*

*Soulageons cette enfant.*
*Libérons-la de sa peine.*

Les larmes de Marie coulèrent encore.

Et puis, le flot de tristesse cessa.
Marie essuya sa dernière larme et soupira longuement.
- Merci, fit-elle timidement.

Elle sourit.

Elle eut soudain envie de presser son dos contre l'arbre
pour mieux sentir sa force.
Elle soupira encore et ferma les yeux.

Pour mieux goûter à la sérénité retrouvée.
Pour mieux savourer ce moment précieux.
Et ainsi, pour mieux écouter.
Pour enfin mieux entendre.

Entendre le chant des oiseaux qui se répondent
d'arbres en arbres. Le gazouillis des mésanges bleues,
les causeries interminables du merle et les tapotements
lointains du pivert.
Entendre le chant des feuillages agités par la brise d'été,
doux murmure si apaisant, qui nous berce et nous ca-
jole comme des enfants et qui ouvre à la rêverie.
Entendre le chant de la rivière tout près. Le clapote-
ment cristallin et incessant de sa course vers la mer.

Pour entendre la vie.

Elle se laissa glisser le long du tronc et se roula en
boule au pied du chêne, le cœur encore plus léger.
À tel point qu'elle s'endormit.

*Elle nous a confié sa peine.*
*Elle nous a ouvert son âme.*
*Mon ami, je suis curieuse.*
*Quelque chose sommeille en elle.*

*Faisons-lui un signe…*

Marie se réveilla d'un sommeil sans rêve au son du clocher lointain.

Quatre coups.

*Faut que je rentre.*

Son précepteur l'attendait sûrement.

La jeune fille se leva et se retourna vers le chêne pour une dernière caresse.

*Qu'est-ce…*

Son cœur bondit.

Son geste resta en suspend tandis qu'elle se rapprochait du tronc pour mieux voir.

- Ce n'était pas là tout à l'heure… J'en suis sûre !

Elle suivit du doigt les contours des entrelacs et des arabesques inscrites dans un joli cercle parfait, profondément gravé dans l'écorce.

*Pourtant… On le dirait là depuis toujours.*

*Au même endroit… Que mon baiser.*

*Elle l'a vu…*
*C'est bien, mais je crois qu'on lui a fait peur.*
*Tu crois que notre hôte peut l'apaiser ?*

Quelque chose chatouilla les pieds nus de Marie.
*Un serpent ?*
*Surtout, ne pas bouger…*
Instinctivement, sa respiration se bloqua et, lentement,
très lentement, Marie baissa la tête…

*Un écureuil !*
Ses épaules crispées s'affaissèrent d'un coup.
Et la peur s'échappa dans un souffle.
*Une vipère et j'étais morte.*
La jeune fille ferma les yeux et respira profondément.

Lorsqu'elle eut retrouvé ses esprits, l'écureuil était
toujours là…
Elle plissa les yeux.
*Mais qu'est ce qu'il fait ?*

- Il fait sa toilette.

Marie sursauta comme jamais.

Tandis qu'elle se retournait vers la voix, l'écureuil lui passa sous le nez en montant dans le chêne.

Un temps pour comprendre…

Et un instant pour observer…

Pour enfin réaliser qu'une jeune femme se tenait tout sourire devant Marie.

Une belle jeune femme. Étrange mais très belle.

Et rousse comme jamais Marie n'en avait vue auparavant.

- Vous m'avez fait peur.

- Je vois ça. J'en suis désolée. Vraiment.

Tu aimes les arbres ?

- Je… Vous m'avez vue ? fit Marie, honteuse.

- Ne t'inquiète pas. Moi aussi je les aime. Bien plus que tu ne pourrais l'imaginer… D'ailleurs, cet arbre là, je l'appelle mon ami.

- Vous vous moquez de moi ?

- Surtout pas.

- …

Marie s'attarda longuement sur la tenue de la jeune femme. Rien à voir avec les tenues traditionnelles bretonnes que tout le monde portait. La couleur déjà. Un vert brun indéfinissable. Mais c'était surtout le tissu que Marie n'identifiait pas.

En fait, on aurait dit que la belle rousse portait une robe faite de feuilles et de mousse et que l'ensemble tenait sans une seule couture.

- Le soleil a tourné, mettons-nous à l'ombre… Veux-tu ? fit la rouquine, ignorant totalement le regard interrogateur et légèrement inquiet de la jeune fille.

Marie, dans sa jolie robe de coton noir commençait à avoir vraiment chaud et ne se fit donc pas prier, malgré toutes ses craintes.

Des rayons de lumière perçaient à travers le feuillage et dessinaient des taches d'un beau vert tendre dans l'herbe folle, dotant ce sous-bois d'une atmosphère enchanteresse.

Marie laissa l'étrange jeune femme la devancer de quelques pas pour admirer un instant la beauté et le charme de cette forêt.

La belle rousse se retourna et lui sourit.

- Viens… J'ai quelque chose à te montrer.

- Je n'vous ai jamais vue au village, interrogea Marie, ignorant son invitation.

- Je n'y vais jamais.

- Qui êtes-vous en fait ?

- Tu sais garder un secret ?

- Oui, je crois.

- Je vis dans les bois, avoua la rouquine.  Et je m'appelle Ynora.

Drôle de nom…

- Moi, c'est Marie. Vous êtes une sorcière ?

- Tu aimerais ?

- Je ne sais pas vraiment. Vous me faites un peu peur, j'avoue.

- Ma jolie petite fille…

- J'ai quinze ans ! s'indigna Marie.

- Jolie jeune fille… Je suis tout simplement incapable de te faire du mal. Ce n'est pas dans ma nature. Cette discussion ne nous mènera nulle part, assura la belle jeune femme.  Viens.

La main délicate d'Ynora se posa alors un instant sur celle de Marie.

Un frôlement…

Une brève caresse qui procura cependant à la jeune fille une forte et étrange sensation. Presque un sentiment…

Une impression d'inconnu et de légèreté. D'irréel même.

Alors qu'Ynora s'éloignait, un parfum de mousse, d'herbe et de fleur submergea Marie.

Elle frissonna.

*Faut que je m'en aille !*

*Ce n'est pas normal tout ça. Et le précepteur qui m'attend…*

La curiosité est-elle un vilain défaut ? Le père Cloarec l'aurait affirmé et certifié !

Mais ce fut plus fort qu'elle.

Marie rattrapa la belle rousse.

Ynora s'était accroupie près de grandes fougères.

- Moi aussi je les ai toujours aimées, lança Marie. La façon dont chaque penne a de s'enrouler sur elle-même, comme des petits coquillages, m'a toujours amusée.

- Tu es savante…

- Mon précepteur… Il est sévère.

Ynora sourit.

- En fait, elles réagissent à l'ensoleillement et à la quantité d'humidité… Elles sont très sensibles et sont uniques en leur genre. Touche-les, s'il te plaît…

Malgré ses questionnements, Marie obéit.

Dubitative, elle les effleura distraitement et un peu brutalement. Sans conviction.

*Ce ne sont que des fougères… Y'en a partout !*

D'abord, elle ne sentit rien.

Et puis, brusquement, elle retira sa main.

*C'est quoi ça ?*

Elle dévisagea Ynora, qui se contenta de sourire.

- Tu as été surprise… Recommence, s'il te plaît.

Marie soupira profondément.
Elle effleura à nouveau les fougères, mais cette fois, bien plus délicatement, comme une caresse.
Une longue caresse.
Elle ferma les yeux.

Les notes cristallines d'une mélopée délicate s'élevèrent alors avec douceur emplissant son cœur d'un profond sentiment de bonheur.

Et puis ses larmes coulèrent.
Comme un flot ininterrompu alors qu'elle souriait.
Ses larmes se firent sanglots.
Des sanglots de trop d'émotion.
Des sanglots d'émerveillement…

*Elles chantent. Elles chantent…*
*Les fougères chantent !*
*Et c'est magnifique.*

- Oui, les fougères chantent… Comme la plupart des plantes d'ailleurs. Comme autant d'odes à la vie, expliqua Ynora.
Mais Marie ne répondit pas.

- Ça va ? s'inquiéta Ynora.
Marie fit oui de la tête.
Les mots restaient coincés dans sa gorge. Elle essuya ses joues mouillées alors qu'elle avait encore des larmes plein les yeux.
*Faut que je me reprenne…*
- Prend ton temps mon enfant.
Cette fois, la jeune fille ne releva pas. Après tout, il était vrai qu'elle ne savait encore rien de la vie… Et rien ne l'avait préparée à ce qu'elle venait de vivre et surtout d'entendre.
- C'était…
Marie toussa.

- C'était si beau… On aurait dit… Ah ! Je ne trouve pas les mots… On aurait dit… De… De l'amour en musique.

- C'est exactement cela.

- Comment est-ce possible ? Vous l'avez déjà entendu ? Ce chant je veux dire ?

- Je connais celui-là… Et bien d'autre encore.

- Vous voulez dire que…

- …Tous les végétaux chantent… Tous.

- …

Une larme échappa au contrôle que Marie tentait d'exercer sur ses émotions tourneboulées.

- Vous êtes sûre que vous n'êtes pas une sorcière ?

- Tu y tiens à ton histoire… Je comprends. On te remplit le crâne de tellement de sottises… Comment pourrais-tu faire la part des choses à ton âge. Non, je ne suis pas une sorcière et ce n'est pas un tour… C'est juste une réalité que tu n'as jamais perçue jusqu'ici et qui échappe à la plupart de tes congénères.

- Une autre réalité, vous dites… Je ne comprends rien !

- Bon… Tu crois aux anges ?

- Oui, bien sûr… Dans la bible…

- Tu crois en leur réalité, mais tu ne les as jamais vus, n'est-ce pas ? Pourtant, je crois bien que certains hommes en ont vus…

- Je croyais que c'était des fables…

- Imagine un instant que ce soit vrai.

Marie devint songeuse.

Si c'était vrai… Ce serait incroyable…

Et puis, consciente de ce soudain silence, elle sourit.

- Un ange passe on dirait !

Ynora éclata de rire. Un rire cristallin et lumineux.

Ça ressemble un peu au chant des…

- Certaines choses existent, mais ne sont pas perçues et comprises par les humains… Pourtant, elles sont bien réelles. Et tu viens d'en avoir un avant-goût.

Marie regarda les fougères. Elle n'osa pas les toucher à nouveau. Comme si c'était un sacrilège.

Elle resta un long moment à contempler ses mains, silencieuse et pensive…

- C'est beaucoup pour moi… Je ne sais plus trop où j'en suis. Je ne sais pas trop ce que vous êtes et je n'ai peut-être pas envie de savoir pour le moment. Vous voyez ?

- Je vais te laisser alors… Je n'aurais peut-être pas dû…

- Oh non ! Ne partez pas ! Non, je vous en supplie, ne partez pas… Vous êtes la plus belle chose qui me soit arrivée… Ma vie est si monotone, si réglée à l'avance… Si prévisible. Non… C'est juste que…

- Tu as besoin de temps.

- Oui.

Un doute passa dans ses yeux.

- Vous me promettez que ce ne sont pas des diableries ?

- C'est juste la nature, Marie. La nature dans toute sa complexité et sa beauté. Aime-la comme ta propre mère car c'est notre Mère à tous.


Le clocher au loin sonna cinq coups.

Comme un rappel à l'ordre.


- Je vais me faire arracher la tête ! cria presque Marie en panique.

Elle se retourna vers Ynora.

- Je vous reverrais ?

- Cela ne dépend que de toi.

- Alors oui !

- Viens, je t'accompagne.


Toutes deux quittèrent le sous-bois sans se presser. Comme pour faire durer ce moment, cet instant unique.

À l'approche de l'orée du bois, près de l'arbre où Marie s'était endormie, Ynora ralentit, puis s'arrêta.


- Vous ne venez pas ?

- Je vais m'arrêter là, si tu le permets.

Marie fit un pas en arrière et machinalement, se rapprocha du chêne.

- Adieu ma belle… murmura Ynora.

La jeune fille dévisagea la belle rousse, pleine d'interrogations, mais Ynora lui effleurait déjà la joue…

Et Marie s'endormit aussitôt, glissa doucement le long du tronc et se lova au pied du chêne.

Marie se réveilla en sursaut quand le clocher sonna une fois.

- La demie ! De quelle heure ?

*J'ai dormi combien de temps ? Je vais me faire enguirlander, je le sens !*

En se levant, son regard se posa avec étonnement sur le petit cercle gravé sur l'écorce du chêne au pied duquel elle s'était assoupie.

- Extraordinaire cette gravure !

Jamais je n'ai vu un travail aussi fin et délicat.

Faudra que je montre ça à Pierre un de ces jours.

Elle remit, non sans mal, ses bottines brûlantes.

- J'ai dormi plus longtemps que je ne le pensais, on dirait.

Avec grande précaution, elle descendit du gros rocher.

- Faut pas que je me salisse de trop…

Ainsi, le pas pressé mais sûr, Marie, la jolie petite bretonne quitta la forêt de Huelgoat.

Mais d'où vient cette drôle de musique que j'ai dans la tête depuis que je me suis réveillée ?

Tiens un écureuil ! Il est mignon…

# La lande Bretonne

l a plu sur la lande bretonne.

Et la brume s'est levée.

Keran regarde sans le voir le vieux mur de pierres moussues qui court le long du sentier sinueux et boueux.

Il est ailleurs…

Il n'a pas un regard non plus pour ce paysage sauvage et dépouillé, qu'on dirait abandonné de tous et que certains disent maudit.

Le petit garçon frissonne, seul, sur ce chemin.

Il se sent perdu et il a froid.

Comme pour se rassurer, il serre fort le petit paquet brun qu'il protège sous son lourd manteau.

A-t-il pris la bonne décision ?

Et arrivera-t-il à temps ?

Du haut de la colline, il lance un dernier regard, au loin, sur le petit groupe de maisons gris-tristesse, blotties l'une contre l'autre.

Quelques fenêtres font des clins d'œil dorés au petit garçon, comme pour lui souhaiter bonne chance.

Un instant, il croit distinguer celle de la cuisine où sa mère doit s'affairer à préparer le dîner.

Son cœur se serre.

*Maman…*

Et puis, après un long soupir, il tourne le dos au hameau, réajuste son sac de cuir et reprend sa marche.

Quelques instants plus tôt, une pluie diluvienne s'était abattue sur lui, comme on reçoit un coup.
Elle fut aussi violente que courte, mais suffisante pour tout détremper.

*Un avertissement, peut-être.*

Des gouttes d'eau perlent du bord de sa capuche comme pour souligner que l'humidité s'est immiscée au plus profond de son être.
Et comme ses vêtements, son cœur est gorgé d'eau.
L'eau de ses larmes.

Y arrivera-t-il ?
Il le faut.
La nuit est proche. Il doit se presser.
Pourtant, la route est encore longue.
C'est sûr, il arrivera de nuit.
Peut-être même à l'aube.

*J'ai mis une semaine à rassembler toute mes affaires.*

*J'espère que maman n'aura pas envie de m'embrasser avant de se coucher...*

*Je lui ai fait le coup du traversin sous les draps. J'ai lu ça dans un livre.*

*Je lui ai menti.*

*C'est pas bien.*

*Je lui ai fait croire que j'avais mal à la tête, mais pas trop, pour ne pas qu'elle appelle Monsieur François, le médecin. Comme ça, j'ai pu me coucher tôt.*

*Et je lui ai dit : Surtout, ne viens pas me voir ! Même Minette fait du bruit quand elle marche sur le parquet de ma chambre. Alors toi... Et surtout, j'aimerais bien me reposer pour pouvoir m'amuser demain avec Louis.*

*J'espère qu'elle m'a cru.*

*Sinon, connaissant maman et papa, le village tout entier est déjà à ma recherche à cette heure...*

Il fait nuit lorsqu'il arrive au calvaire.

Le brouillard l'a ralenti.

Machinalement, il se signe.

L'encombrante lampe tempête, empruntée à un voisin, éclaire à peine la grande croix de pierre.

C'est son point de repère.

Il sait, comme le lui a enseigné son grand-père, qu'il doit marcher encore quarante neuf pas, enjamber le mur et suivre la piste à peine visible qui s'enfonce dans la lande.

Il sort une vieille boussole et sourit tristement.
*Papi Jean…*

Drôle de bonhomme que ce grand-père. Au village, on l'appelait le sorcier. Il n'avait pas son pareil pour concocter les baumes et les remèdes qui soulageaient les hommes et les animaux de la contrée. C'est en sa compagnie qu'il a, dès son plus jeune âge, battu la campagne, pour cueillir et glaner les herbes et les racines au plus profond des bois ou sur les landes désertes.

*On disait même qu'il y faisait de drôles de rencontres.*

*De drôles de rencontres…*

Il tapote le verre.
*J'espère qu'elle marche encore…*
Le Nord doit être par là.

C'est le point de non retour.

Il savait qu'il ne rencontrerait pas âme-qui-vive jusque là car plus personne ne fréquente ce sentier de nos jours. C'est l'ancien chemin des chèvres.
Et il n'y a plus de chèvres à garder désormais.

Cela a parfaitement servi son projet de quitter le village en toute discrétion.
Mais, maintenant qu'il se sent un peu perdu face à l'inconnu, n'importe quelle compagnie, même celle du vieux *Alfred*, qui lui fait pourtant si peur, lui ferait du bien.

Mais en fait, à part sa mère, seule Lithia saurait le rassurer
totalement tant il est terrifié.
Car seule Lithia connaît la lande et les êtres qui y vivent.
Seule Lithia trouverait les mots.

Mais Elle n'est plus là.
*Elle est partie.*
À cause de lui ? C'est ce qu'il pense en tout cas.
*C'est pour Elle…*
C'est pour Elle qu'il s'est lancé dans cette folle aventure.
Et qu'il affronte cette terrible contrée.

On raconte tant de choses…

Le vent s'est levé.
Keran avait froid, désormais, il est gelé.
Il claque même des dents.
C'est plus dur qu'il ne le pensait.

Il marche depuis bientôt une heure à la faible lueur de sa lanterne et la piste n'est pas simple à suivre, surtout dans le noir.
Il avait bien fait un repérage, de jour, mais cela n'avait plus rien à voir.
D'autant qu'il comptait sur la pleine lune pour le guider, mais une armée de nuages avait envahi le ciel dans l'après-midi et semblait bien décidée à en faire le siège.

À chaque craquement, à chaque bruissement, il cesse de respirer et son cœur se remet à battre la chamade.
C'est un petit cœur bien solide d'un garçon de sept ans en pleine forme, mais à ce rythme, il sera mort de peur avant minuit, s'il n'est pas déjà mort de froid.

*Penser à des choses agréables…*
*Penser à des choses agréables…*
*Lithia.*

Mais il n'y arrive pas.
Affronter le froid, la nuit et la lande est déjà complètement insensé.
Et seul un petit garçon naïf et désespéré peut se lancer dans une telle entreprise.
Mais le faire la nuit de Samain, pour qui sait ce qu'il s'y passe, est complètement dément.

Et pourtant, Keran le sait.

Il sait ce qu'est Samain…
Le passage…
Quand les portes de l'autre monde s'ouvrent et où visible et invisible se mêlent…
Spectres, aïeux vindicatifs et autres créatures inquiétantes, envahissent le monde.
Peut-être même l'Ankou lui-même ?
Ils sont partout, mais, nul ne sait pourquoi, ils aiment certains lieux plus que d'autres.
Des terres secrètes qui respirent le mystère et la magie.
Comme la lande bretonne…

Pour quelques heures seulement, le monde n'appartient plus aux hommes.
C'est justement pour cela que Keran s'est jeté à corps et à cœur perdus dans cette tourmente, alors que bien des adultes auraient déjà fait demi-tour en hurlant de peur.
Parce ce que c'est une nuit magique, où tout est possible.

Peu à peu, Keran s'habitue aux bruits de la lande.
Le chuintement de la bruyère agitée par les violentes bourrasques…
Le fouissage des petits rongeurs retardataires qui regagnent leurs terriers.
Tout cela lui devient plus familier.

Il se détend.

Et finalement se réfugie dans son monde…
Sa sphère intérieure faite de sécurité, de souvenirs joyeux et de petits bonheurs simples.
Sentir une fleur.
Jouer avec les gouttes de rosées.
Faire des dessins dans la farine ou sur la buée des vitres.
Se délecter du murmure d'un ruisseau.
Étaler de la confiture sur du pain beurré.
Il sourit.

Brusquement, il trébuche et tombe à genou.
La lanterne lui échappe et roule quelques mètres plus loin.
Keran ne sent même pas la douleur de l'impact tant tout son être est tendu vers la petite flamme qui vacille.
Il retient son souffle.

La douleur explose, mais il reste figé.
La petite porte vitrée vient de s'ouvrir…
Et le vent de s'y engouffrer.

Curieusement, la flamme tremble, chancelle, chavire presque, mais ne s'éteint pas.

Par moment, on dirait même qu'elle frissonne.
Cette danse insoutenable et funeste s'éternise et le petit garçon croit même percevoir des murmures.
Une bataille fait rage. C'est sûr… Il le sent.
Des forces invisibles s'affrontent dans cette vieille lampe tempête.

Le petit garçon n'est pas surpris. Il connaît ces choses-là.
Mais il ne les avait jamais ressenties jusque dans son cœur.

C'est trop pour lui.
Il panique.
*Maman !*

Aussitôt, l'amour qu'ils ont l'un pour l'autre le submerge.
Il ne peut pas lui faire ça… Tout lâcher, là, maintenant, après toutes ces heures de marche dans le froid et se perdre dans la lande au risque de ne plus jamais voir le jour.
*Je ne peux pas abandonner et tout gâcher.*
*Je ne peux pas lui faire ça…*

Son combat intérieur lui a fait fermer les yeux, et lorsqu'il les rouvre, la bataille menée par la flamme est également terminée.
*Incroyable…*
La lumière est toujours là !

Keran en tremble. Il l'a échappé belle…
Il se relève péniblement, remet sa lanterne debout et referme avec précaution la petite fenêtre.

Son cœur bat encore très fort et le petit garçon décide de s'arrêter quelques instants…
Il faut qu'il reprenne ses esprits.

Manger le réconforte.

Il sort un gâteau de la poche intérieure de son manteau et effleure le petit paquet brun.
Il l'avait presque oublié.
Il le sort et l'observe longuement.

À nouveau le souvenir de son grand-père l'assaille.
C'est aussi pour lui qu'il s'est lancé dans cette folle aventure.
Et rien ne l'arrêtera…

Il ne faut pas l'ouvrir. Pas tant qu'il n'est pas arrivé à destination.
*Il ne faut pas l'ouvrir…*
*Il ne faut pas l'ouvrir !*

Il résiste finalement et le remet bien au chaud contre son cœur.
Et reprend la route.

On dirait que les miracles se succèdent…
À moins que ce soit autre chose…

Quoi qu'il en soit, un vent merveilleusement chaud se met à souffler et chasse les incessantes attaques de rafales glacées, enveloppant Keran d'une douce chaleur qui lui fait oublier le froid.

Réchauffé, il reprend courage et son pas sur la route se fait plus léger.

Ainsi, contre toute attente, ce petit bout d'homme haut comme trois pommes, finit par atteindre sa destination, sain et sauf.

Au milieu de rien.

Le faible éclairage ne laisse entrevoir que quelques pierres usées par le temps, le vent et la pluie.

Pourtant, sans hésiter, il pose son sac et sa lampe et décrispe lentement ses petites mains glacées et blanchies d'avoir trop serré la poignée de la si précieuse lanterne.

*Ne pas avoir pensé à prendre des gants… Faut vraiment être bête !*

Tout à se maudire, il n'entend pas le ciel gronder au loin…

Une tempête se prépare.

Une grosse tempête.

Et elle se rapproche.

Mais, Keran n'entend pas… Trop concentré.

*C'est ici. J'en suis sûr.*
*Enfin.*

Il se penche sur ce qui semble bien être un menhir brisé et tombé au sol. Mousses et lichens l'ont envahi depuis des siècles et le vent en a émoussé les contours. Il examine minutieusement la pierre fatiguée, la scrute…
La déchiffre.
*Ah ! Le voilà.*
*Le glyphe…*
*Comme Papi Jean me l'avait expliqué.*
D'un bond, il escalade le bloc de granit et vient se placer à un endroit légèrement concave, usé par tous ces hommes et ces femmes, venus, au fil des siècles, regarder le soleil levant avec espoir.
Puis, solennellement, après avoir jeté un rapide et dernier coup d'œil à sa boussole, il se tourne vers l'Est et dessinant l'invisible, il laisse son index suivre les méandres d'un entrelacs rongé par le lichen.

La clef...

Brusquement, avec une force et une violence extrême, les nuages au dessus de lui sont chassés, balayés et finalement repoussés aux limites du cercle de pierre.

Quel curieux spectacle que ce jeune garçon debout sur ce grand rocher, seul au beau milieu de la lande soudainement inondé de la lumière froide et intense de la pleine lune.

Il était majestueux et imposant, assurément, cet antique cromlech détruit jadis lors d'une mémorable et ancestrale bataille. Tout comme ce grand menhir couché, gisant au sol comme abattu, presque déchu et qui n'est plus que l'ombre de lui-même.

Mais, Keran ne le voit pas. Trop concentré…

Trop en dedans de lui-même, Keran, yeux clos, tête baissée et ses petites mains jointes, désespérément pressées l'une contre l'autre, en signe de prière, en signe de supplique.

Il tremble de tout son être.
Il attend le signe.

*Laissez-moi entrer, s'il vous plaît.*
*Laissez-moi entrer, s'il vous plaît.*
*Laissez-moi entrer, s'il vous plaît.*

*Je vous en supplie, LAISSEZ-MOI ENTRER !*

Il ouvre brusquement les yeux et sort aussitôt de sa transe.

Et il voit enfin la lune.
Il entend enfin l'orage.

L'orage tenu à l'écart au dessus du cercle de pierre, l'orage qui gronde, grogne, comme une bête sauvage tenue en respect mais qui peut, à tout instant, dévorer son maître.

Son petit visage se crispe et ses yeux s'assombrissent.
On y lit la peur.
On y lit l'appréhension.
Mais aussi le soulagement.
Et même de l'excitation…

Car, ici, tout commence.

*- Il ne nous voit pas…*
*Pourquoi ?*
*- Il grandit.*

*- On lui fait des signes pourtant !*
*- …*

*- Je ne m'y habituerais jamais…*
*- Moi non plus.*

D'un bond, Keran descend du menhir.

Tout est plus facile et rassurant sous la pleine lune.

Il inspire profondément.
Retient son souffle…
Fait un pas.
Et entre dans le cercle de lumière …
Le cercle de lune.

Toujours en apnée, le petit garçon ferme fort les yeux
et esquisse une grimace…
Des fois qu'on me foudroie sur place, je veux pas voir ça!
Mais rien ne se passe.
Finalement, il rouvre lentement un œil, puis le deu-
xième et ose enfin respirer en soupirant longuement.
*J'y suis.*

D'un pas leste, il vient se placer au centre du cromlech et du pied, dégage la surface d'une dalle parfaitement plate, découvrant des motifs gravés que l'outrage du temps a rendu complètement illisible.

*Maintenant, les points cardinaux…*

*Papi Jean a dit : Quatre blocs circulaires marqué chacun d'un animal sacré… Au Nord l'ours, au Sud le cerf, à l'Est le sanglier et à l'Ouest, l'aigle.*

Il sourit… Il devait avoir quatre ans et se souvient du sourire de son grand-père lorsqu'il lui avait récité, presque psalmodié, cette longue phrase. Le vieil homme ne le regarda plus jamais comme avant. En fait, ce jour là, il le regarda vraiment pour la première fois.

Pour le plus grand bonheur de Keran, toujours curieux de tout, ce fut le début d'un intense apprentissage et surtout, de précieux moments de complicité…

Son sourire se fait subitement nostalgique.

*Maudite grippe.*

Il secoue la tête.

*C'est pas le moment !*

*Concentre-toi Keran ! Les quatre autels…*

D'un pas décidé, boussole à la main, il les repère rapidement bien que les gravures soient, elles aussi, désormais presque totalement invisibles.

Après avoir extrait de ses poches quatre petits bouquets de fleurs – un peu rabougris – il en dépose un sur chaque emplacement, sans omettre de poser un gros caillou sur les tiges.

Trop de vent.

*Les marguerites blanches au Nord, les pensées jaunes au Sud, des primevères roses à l'Est et les violettes à l'Ouest.*

Satisfait de son travail, il se replace sur la dalle centrale, met la main sur son cœur et là, s'accorde une pause.

Calme et serein, il laisse son regard se promener sur le cromlech inondé de lumière et s'attarde longuement sur l'orage tenu en respect en dehors du cercle de pierre.

Keran attend.

Il attend la sensation, le frisson qui lui indiquera que c'est le moment. Pas besoin de montre. Il saura.

Ainsi, il attend.

Il attend…

Et puis, son cœur dérape, et s'ouvre enfin.

À ce moment-là seulement, il sort son précieux petit paquet brun et le contemple brièvement.

Finalement, il dénoue la cordelette, et avec d'infinies précautions, déplie le carré de cuir râpé et dévoile alors une petite boîte d'allumettes.

Il l'ouvre.

- Il va le faire ?

- On dirait bien…

- Pourquoi fait-il cela ? C'est tellement dangereux pour lui ! Peut-être même fatal…

- Le voile le recouvre…

- Oui, comme presque tous les autres.

- Lui l'a tenu à l'écart bien plus longtemps.

- Il est spécial, c'est sûr. Les autres résistent rarement après leur troisième année…

- Il sait que le voile existe et qu'il s'épaissit de jours en jours. Ce voile qui le rend aveugle et sourd à l'autre monde…
Et ça le tue à petit feu.

-…


- Il est minuit, tiens-toi prêt.

Un craquement fulgurant.
Titanesque même.
Un millier d'éclairs déchirent le ciel…
Et s'abattent sur Keran.

Foudroyé, le petit garçon est violemment propulsé en dehors du cromlech et disparaît dans le noir.
Dans l'obscurité qui submerge tout.
Qui avale tout.

*Vite, il n'est plus protégé !*
*L'orage va l'engloutir !*
*Faites vite !!!*
Des petites mains invisibles le saisissent…
*Il est encore vivant !*
*Dépêchez-vous !*
…Et le déposent maladroitement au centre du cercle de lumière.

Keran est vivant, oui, et c'est incroyable, il est indemne… De plus, il est parfaitement conscient.
Et il crie.
Mais le chaos règne toujours et d'ahurissants arcs électriques surgissent des quatre pierres d'angle et se tordent dans un fracas assourdissant.
Et Keran crie. En fait, il hurle.
- Je l'ai à peine touché ! À peine je vous dis !
Mais personne ne l'entend.

Maintenant, une gigantesque sphère de lumière s'est formée et tourne au dessus de lui pendant que toutes les pierres, toutes, du moindre caillou au plus gros bloc de granit, décollent du sol et s'élèvent lentement.

Désespéré, le petit garçon, des larmes plein les yeux, crie toujours.

- Je suis désolée ! Lithia ! Je suis désolée ! J'ai échoué ! Je n'ai même pas eu le temps ! Je n'ai pas eu le temps !

Keran n'a pas eu le temps, en effet.

Il n'a pas eu le temps d'admirer à nouveau ce qui semble n'être au premier abord qu'un bijou .

Un joli petit bijou en forme de cœur.

Il n'a pas non plus eu le temps de s'émouvoir de l'iridescente pierre rouge qui pulse étrangement ni des entrelacs d'or et d'argent qui semblent danser.

Keran n'a pas eu le temps, car il y a des « choses » qu'un humain, si pur fut-il, ne devrait pas ne-serait-ce qu'effleurer, surtout en certains moments et en certains lieux.

Des « choses » comme toucher à un  Amour-d'une-Fée une nuit de Samain au beau milieu d'un puissant cercle d'anciens.

Soudain, tout se calme, tout se fige.

Le vacarme, les éclairs, tout.

Un instant, même la tempête.

Keran retient son souffle.

Et dans un silence absolu et avec une étonnante douceur, toutes les pierres rejoignent le sol, comme déposées avec d'infinies précautions.

Puis, la terre tremble légèrement…

Et le cromlech prend vie.

Douze menhirs de lumière se dressent maintenant en lieu et place des pierres détruites.
Comme des fantômes surgis du passé, ils reforment l'antique cercle magique…
Douze pierres levées, sublimement gravées de motifs mystérieux.
Douze silhouettes monumentales qui se dessinent sur le tableau noir de la nuit de Samain.
Ainsi, le puissant et majestueux cromlech s'est enfin réveillé.

Bouche bée, Keran n'ose plus bouger.
Subjugué par cet incroyable spectacle, il en oublie presque de respirer.

Il essaye de se retenir. Il est grand maintenant. Et les grands ne pleurent pas.
Mais quand c'est beau au-delà des mots…
Quand l'âme est touchée dans son cœur de lumière…
Les larmes parlent et murmurent l'indicible.

Keran sourit et se laisse aller.
Et laisse les larmes couler…
Et dessiner des sillons clairs sur ses joues sales.

- *Il a réussi…*
- *Et survécu… C'est un miracle.*

Soudain, il sursaute, comme piqué par une pensée fulgurante, se jette à terre et fouille frénétiquement le sol.
- Le cœur de Lithia !!! Je l'ai perdu !

Non !

Non !
Non, non NON !
C'est pas possible…

- *Il a déchiré le voile…*
- *Oui… Ce maudit voile de l'oubli.*
- *Visiblement, il ne le sait pas encore !*

- C'est ÇA que tu cherches ?

Keran se retourne… Et s'arrête net.
Son cœur aussi.

Elle est là. Devant lui.

Oui, c'est bien elle.
*Lithia…*
Et c'est la plus jolie des créatures.
On dirait une poupée…
Gracieuse et joyeuse, elle le fixe de son étonnant regard de fée.

Une fée au petit visage pâle mangé par de grands yeux noirs.
Une fée aux ailes de libellule qui scintillent et luisent de délicats reflets bleu et argent.
Une fée à longue chevelure claire qui ondule sous la pleine lune.
Une fée, toute belle dans son adorable petite robe blanche.

*Lithia…*
Keran, s'effondre.
Un torrent de larmes le submerge alors et déferle sur son petit visage.
Keran pleure.
De toute son âme, de tout son corps.
Il pleure comme le petit garçon qu'il est.
Sans retenue.
Il pleure, couché à terre, tout son être secoué par de longs sanglots.
Toute sa peine,

Toutes ses angoisses,
Et toutes ses peurs d'enfant coulent dans ces larmes salvatrices.

Et coulent les larmes.
Encore et encore.

Et puis, viennent les larmes du soulagement.
Celui d'avoir accompli toutes ces prouesses et d'être encore en vie.
Celui d'y être arrivé,
Tout seul.

Finalement, Keran se redresse lentement.
D'un revers de main, il essuie ses joues mouillées.

Lithia, lui sourit.

Non, il ne rêve pas, il la voit. Enfin.

Tant bien que mal, il se relève tandis que son cœur vacillant, au bord de l'explosion, fait des bonds extraordinaires dans sa poitrine, à croire qu'il veut s'en échapper.
Ce cœur comme un tambour qui ne bat que pour elle.
Il rougit.
Toutes ses larmes, toute sa tristesse, son chagrin d'avoir perdu le lien avec l'autre monde -si proche et si lointain- toutes ses émotions disparaissent, soufflées en un instant, par le sourire d'une fée.
Son cœur s'allège.
L'incroyable sourire d'une fée.

Un sourire magique, ensorcelant…
Un sourire qui dit la bonté, la joie, l'insouciance et
la gravité.
Un sourire qui dit tout l'amour du monde.

Et pour lequel, un petit garçon est allé au-delà de
lui-même.

Ils sont tout près l'un de l'autre maintenant.
Elle sent le jasmin.

Un peu plus petite que Keran, Lithia joue avec la
chaîne du petit bijou rouge-cerise tandis que ses yeux
noirs lui disent toute la tendresse qu'elle a pour lui.
- Je suis si heureux…Si tu savais…
Keran se fait pudique, face à elle, lui le garçon témé-
raire et souvent turbulent. Il n'a jamais su lui dire…
Mais en a-t-il vraiment besoin ?
- Je sais, Keran, je sais...

Il voudrait la toucher, la prendre dans ses bras, mais les fées, comme tous les esprits de la nature, sont si légers, si éthérés, qu'on a le sentiment de toucher un nuage.

- Tiens, mets mon cœur à ton cou, qu'il continue de te protéger.
- J'ai cru que je l'avais perdu pour toujours…
- Sache qu'on ne perd jamais l'amour d'une fée. Tu pourrais l'égarer au plus profond de l'océan, il te retrouverait. Mon amour, cristallisé dans ce bijou, ne te quittera jamais Keran. Comme ton âme, il est éternel.
- Merci, Lithia… Je sais que c'est le plus beau cadeau qu'une fée puisse faire à un humain…
- Tu le mérites amplement, crois-moi.
- Merci…
Keran baisse la tête, gêné.
- Tu sais, j'ai rien compris à ce qui c'est passé… J'ai eu le temps de rien faire. J'ai ouvert la boîte d'allumettes et…
- Tu as tout fait, au contraire. Tu es venu jusqu'ici, ce qui est en soi, déjà un exploit. Ensuite, tu as signé le glyphe, en guise de clef et tu as honoré les points cardinaux et les quatre éléments qui y sont associés. Et puis, mon cœur-de-fée et ta détermination à toute épreuve ont fait le reste. Mais, bien sûr, rien, absolument rien, n'aurait été possible sans toi, sans ta présence, petit humain bizarre…
- Bizarre ?
- Tu nous as toujours vus, nous, les esprits de la Nature…
- D'autres aussi.
- *Oui, mais ils oublient si vite.*
- …
- Ils oublient car la joie pure, simple et enfantine

s'échappe de leur cœur et ce, dès qu'ils quittent le giron de leur mère.

- Pourquoi ?

- La cruauté de certains, l'ignorance d'autres et les peurs de presque tous. Les plus sensibles se cuirassent, se fabriquent une armure qui les protègent des agressions de votre monde, mais qui les sépare aussi du peuple de la Nature.

- Moi aussi, j'ai fini par ne plus vous voir…

- Oui, mais tu n'étais plus un tout petit, et c'est pourquoi tu ne nous as pas oubliés.

- Il y a plusieurs années, tu m'as laissé voir au travers de tes yeux. C'est cette sensation que j'ai gardée tout au fond de moi et cette certitude que tout est bien plus beau que ce qu'on croit… Je voulais te retrouver et revoir le monde à ta manière.

- Tu n'as jamais cessé de le percevoir de notre façon, mais tu t'es persuadé du contraire. Ce n'est pas grave, tu sais… Il faut bien apprendre.

Keran soupire et contemple quelques instants les pierres levées qui illuminent la nuit.

- Qui sont-ils ?

- Tu fais bien de dire qui… Ce sont des sages que tu as réveillés. D'ailleurs, cela n'a pas plu à certaines forces… Elles se sont déchaînées, comme tu as pu le voir. C'est un miracle que tu sois toujours en vie…

- Quelles forces ?

- Celles-là même qui avaient déjà détruit le cromlech, il y a plusieurs siècles.

- Pourquoi ?

- Cela nous dépasse, crois-moi… Mais je peux tout de même te dire que ces pierres levées sont de vieilles âmes. Des sages…

Des sages qui ont été brutalisés, traités si injustement jadis qu'ils ont décidé de se retirer du monde.

Mais l'un d'eux, en a décidé autrement.

L'un d'eux a décidé, le temps d'une vie, de devenir homme.

- …

- Il n'y a pas de hasard, tu sais…

- C'est ce que mon grand-p…

Le visage de Keran se fige.

- …grand-père me disait toujours…

- Tu as compris. Ton grand-père était ce sage. Il a attendu toute sa longue vie que tu viennes au monde. Il a même cru que cela ne se ferait jamais ! Pourquoi crois-tu qu'il s'est évertué à enseigner toutes ces choses à un petit garçon comme toi ?

- Je dois m'asseoir…

Lithia regarde Keran s'éloigner et se laisser tomber à même le sol dans un coin.

*Papi Jean…*

Recroquevillé sur lui-même, les bras autour de ses jambes repliées, il est ailleurs.

Dans la stupéfaction.

Dans le trouble.

*- Cela fait beaucoup pour lui.*
*- Il a besoin d'assimiler tout ça.*
*- Laissons-le quelques instants.*

Les jolies ailes de Lithia frétillent et la petite fée s'envole.
Et, légère comme un papillon, elle vient se poser sur l'un des
menhirs de lumière.

Il a fallu d'interminables instants pour que Keran revienne de sa stupeur.

Et puis, lentement, il est sorti de lui-même.

Lithia s'est rapproché et s'est agenouillée à ses côtés.

- Tu va bien ?

- Je me sens fier et trahi à la fois. Cette sensation est troublante. Pourquoi ne m'a-t-il rien dit ?

- Tu connais déjà la réponse…

- Il devait avoir ses raisons…

Il lui sourit enfin.

- C'est parfois pénible de toujours penser comme un grand, n'est-ce-pas ? Tu aimerais n'avoir que des préoccupations de petit garçon de ton âge…

- Détrompe-toi ! Je réveille des vieux cromlechs magiques, mais, je rêve aussi d'un nouveau vélo !

- Ah ! Le Keran que je connais est de retour ! À la bonne heure…

- Pour clore le sujet, sache, en tout cas, que tu as le temps pour trouver les réponses aux mille questions que tu te poses et que, quoi qu'il arrive, ton grand-père veille sur toi, comme nous toutes d'ailleurs…

- Vous toutes ?

- Regarde…

Keran lève le nez de ses chaussures boueuses.

- Je vois rien…

- Tais-toi et REGARDE !

Des scintillements tout d'abord.
De petites lueurs presque imperceptibles.
Comme des lucioles…
Des lucioles qui grandissent.
Et puis les petites lumières changent de forme, s'allongent et deviennent silhouettes.

Et, comme sorties des limbes, des dizaines de fées émergent de l'ombre.

- Voici mes sœurs…

Elles s'avancent, merveilleuses et magiques.
Toutes plus belles les unes que les autres…

La prodigieuse assemblée se presse autour du petit garçon qui n'en croit pas ses yeux.

Il y en a de minuscules, d'autres bien plus grandes que Lithia.
Il y en a de rondelettes et d'autres fines et délicates comme des brindilles.
Toutes sont radieuses et leurs sourires, à eux seuls, pourraient guérir le monde.
Elles sont la joie incarnée.
Et cette joie explose dans le cœur malmené de Keran.
Une bouffée d'amour le submerge alors.
Le transporte.
Il rit aux éclats.
Il est heureux.
Enfin.
Parmi les fées…

Ivre de joie,
Ivre de fatigue,
Keran a fini par s'endormir dans les bras des fées.

Elles l'entourent, le cajolent, le bercent.
Comme le tout petit qu'il est encore.

Et puis, l'extraordinaire assemblée se met en route.

Elles le soulèvent alors,
Le portent, le soutiennent
Comme un trésor à protéger.

Elles passent la porte,
Un splendide et fantomatique dolmen qui révèle enfin
la vraie nature du menhir brisée à l'entrée du cercle de
pierre.
Lithia signe le glyphe,
Et le cromlech se rendort.

*À bientôt, vénérables…*

Puis, la lumineuse et merveilleuse procession s'élance
dans la lande.
Dans le vent,
Dans la tempête qui s'apaise peu à peu,
Comme résignée devant tant de beauté.

Les fées, gracieuses et captivantes, volent, glissent sur
la lande.
Leurs ailes de toutes les couleurs frétillent et scintillent
sous l'épais et sombre manteau de nuages, désormais
immobiles, comme stupéfaits.

Elles illuminent et éblouissent la nuit.

Un enchantement.

Lentement, le cortège féerique disparaît dans la nuit,
Dans la lande bretonne.

Le sourire aux lèvres, Keran dort.

Il dort…
Comme le bienheureux qu'il est désormais.
Comme l'être entier et complet qu'il a toujours été.

Le valeureux et courageux Keran…
L'enfant enchanté par les fées.

Demain, il pourra à nouveau voir toute la beauté du
monde…
Voir au-delà de cette mince certitude qu'on appelle
réalité.
Voir vraiment.

Les fées l'ont déshabillé, lavé et réchauffé…
L'ont revêtu de son pyjama préféré tout propre,
Et l'on installé dans son lit, comme on dépose une
fleur rare et délicate.

Lové sous un confortable duvet, Keran rêve.

Elles sont toutes là.
Elles s'attardent.
Émues…

Keran rêve.
Il rêve d'un monde nouveau.
D'un monde qui ouvrirait les yeux.
D'un monde meilleur.

Et puis…
Les fées, portées par l'espoir,
S'envolent…
Et disparaissent dans la lumière du soleil levant.

Avant de les suivre, Lithia se penche sur le petit garçon
endormi.
Elle lui caresse tendrement la joue,
Replace une mèche rebelle,
Et dépose un tendre baiser sur son front…
*À très bientôt, petit homme.*
*N'oublie pas que nous serons toujours là pour toi.*

Elle n'est déjà plus là.
Dans son sommeil, Keran soupire.

Keran…
L'enfant des fées.

# Le Vent d'Irlande

C'était l'aube et le soleil pointait sur la campagne irlandaise.

Les haies et murets de pierres sèches dessinaient un paysage morcelé aux multiples nuances de vert qui évoquait un patchwork qu'on aurait jeté sur la plaine. Au loin, une ruine offrait un refuge à quelques moutons venus s'abriter du vent iodé de la mer lointaine.

Une forêt de tentes bariolées avait poussé comme des champignons hallucinogènes deux jours auparavant et une foule joyeuse et multicolore de jeunes gens aux cheveux longs avait envahi la colline.
Ils avaient dansé toute la nuit alors que la bière coulait à flot.
Au petit matin, ivres de fatigue, ils avaient rejoint tant bien que mal leurs tentes. Certains s'étaient endormis à même le sol, dans des positions parfois loufoques, tandis que d'autres avaient préféré se blottir les uns contre les autres sous des couvertures de fortune.

Les pieds avaient tapé et martelé le sol et l'herbe ne s'en était pas tout à fait remise.
L'air était encore empli d'effluves entêtantes de patchouli alors que la terre mouillée de rosée exhalait des parfums plus denses et musqués.

Les violons, les cornemuses et les percussions s'étaient tus depuis quelques heures déjà mais la musique endiablée résonnait encore aux oreilles de Louise.
La veille, elle s'était sentie mal et avait gagné sa tente plus tôt que prévu.
Deux jours entiers à danser et à faire la fête avaient eu raison de son corps et de son énergie d'ordinaire débordante.
Elle avait mal dormi, bien sûr.

L'air frais de ce petit matin d'été la requinqua et Louise décida de s'éloigner de ce gentil bazar, qui, à l'aune de son mal de crâne naissant, ressemblait désormais à une belle pagaille.

Après avoir délicatement enjambé certains dormeurs, elle s'éloigna enfin du campement.

Louise frissonna, malgré la couverture de laine bien chaude qu'elle avait pris soin de jeter sur ses épaules avant de quitter sa tente, alors que sa longue robe de mousseline aux couleurs psychédéliques, dansait autour d'elle à chacun de ses pas.

Louise marcha encore un peu avant de jeter la couverture sur un coin d'herbe protégé du vent par une petite haie de genêts.

Là, elle s'assit face au soleil levant et se perdit dans les merveilleuses nuances jaune et orange du ciel et de la mer lointaine.

Elle pensa à cette envie soudaine de traverser la Manche et de venir fêter ses trente ans en Irlande parmi cette foule euphorique de hippies.

*Quelle drôle d'idée j'ai eu tout de même…*

Elle soupira et se coucha sur le dos, les mains derrière la tête.

De gros nuages violets ourlés de jaune flamboyant, poussés par les vents marins, s'avançaient comme les vaisseaux fantômes de son enfance.

Petite, elle et son père aimaient se coucher dans l'herbe de leur jardin et s'amuser à trouver toutes sortes de formes dans les nuages. C'était à celui qui ferait preuve de l'imagination la plus débordante.
Et son père gagnait toujours…
Elle avait beau se creuser la tête, il inventait toujours d'incroyables créatures mêlées à des histoires toutes plus extraordinaires les unes que les autres.
Très souvent, la petite Louise oubliait de jouer, fascinée et bercée par la voix grave.
*Il est loin ce temps où nous étions complices papa et moi…*

Une soudaine nostalgie teintée de douleur s'empara d'elle et la plongea dans ses souvenirs d'enfance.
Elle glissa en elle…

*- Elle est perdue dans ses tourments. Dans son histoire.*
*- Les cœurs lourds des blessures du passé m'attristent…*
*- Chassons ces idées sombres qui masquent les joies et les sourires d'antan.*

Une légère brise tira Louise de sa rêverie.

Puis, le vent cessa et les nuages s'immobilisèrent doucement.

*Tiens…*

Elle pencha la tête sur le côté à s'en tordre le cou.

*On dirait… Mais oui ! On dirait…*

*Une tête de chat !*

Elle sourit.

*C'est drôle tout de même…*

Une légère brise et le chat disparut.

*Oh ! Et puis là, on dirait un dauphin !*

- Je ne suis pas si mauvaise que ça, tout compte fait ! Prise au jeu, Louise décela dans les nuages une multitude de formes toutes plus amusantes les unes que les autres alors que son mal de tête se dissipait lentement.

Son cœur s'allégea.

Le soleil avait poursuivi sa course pendant ce temps et les nuages avaient repris leur blancheur éclatante dans un ciel bleu azur.

*Une vraie carte postale…*

Les îles blanches et cotonneuses suspendues au dessus de Louise ne semblaient pas vouloir poursuivre leur course dans le ciel d'Irlande.

Et pourtant, ils ne cessaient de changer de forme, comme mus d'une volonté propre se livrant à une partie d'un jeu céleste et mutin… Et bien mystérieux.

*C'est curieux tout de même…*

- Un sourire… Quel bonheur !
- Libérons les nuages et laissons les voguer là où le vent les mènera.

Le vent se leva et chassa les cumulus vers d'autres contrées, laissant un ciel parfaitement dégagé et d'un bleu pur.

Bien malgré elle, Louise poussa un long soupir.

*Jolie partie… Papa, tu aurais aimé.*

Le bêlement des moutons lui parvint un instant alors que, loin derrière elle, les premiers fêtards émergeaient.

Guitares, casseroles et cris s'entremêlaient joyeusement, sans pour autant sortir Louise de sa contemplation.

À fixer le ciel, elle finit par distinguer des petites particules blanches, comme ballottées par un courant invisible.

Elles semblaient suivre le mouvement de ses yeux…

La jeune femme avait déjà observé ce phénomène et s'était demandée ce que cela pouvait bien être… Une persistance rétinienne ?

Sans aller plus loin dans ses questionnements, elle se laissa emplir de ce mouvement doux et lancinant.

Petit à petit, le vide s'installa en Louise et elle se laissa submerger par le bleu profond du ciel irlandais.

Une cloche sonna au loin…

Et Louise réalisa que, peu à peu, les petites étoiles semblaient s'éloigner et s'animer d'une vie propre, comme dotées d'une conscience bien à elles.

Elle confirma cette impression fugace en jouant du regard. Et effectivement, les petites particules semblaient dotées d'une totale autonomie de mouvement.

Sans s'en rendre compte, elle porta sa main à son menton, dubitative.

Louise se frotta les yeux.

Rien n'y fit… Il devenait évident que le mouvement des petits points presque transparents n'était plus aléatoire, mais qu'il adoptait un rythme et une trajectoire de plus en plus précise.

*On dirait qu'elles dansent…*

*- Son esprit s'apaise et mon cœur s'emplit de joie. Rien n'est plus agréable lorsque l'un d'entre eux regarde le monde comme il est…*

*Merveilleux.*

*- Tu as perçu la même chose que moi ?*

*- Oui ma sœur… Irons-nous jusqu'au bout ?*

*- …*

Tout à sa contemplation, Louise ne sentit pas le vent forcir. Elle en prit conscience lorsqu'il se mit à siffler à ses oreilles.

Machinalement, bien qu'elle n'avait pas vraiment froid, elle replia les coins de la couverture sur elle, sans pour autant quitter des yeux le ballet des particules un seul instant.

Toujours allongée, elle tressa rapidement ses longs cheveux châtains pour ne pas les avoir dans la figure et finit par ne plus prêter attention aux assauts du vent.

Les petites étoiles semblaient jouer sans but précis…
C'était fascinant.
*Planer, ça doit être ça…*

Louise finit par remarquer que, par moment, la danse des particules s'accélérait… Au même rythme que celui des rafales de vent.
Comme si vent et lumière ne faisaient qu'un.
Dès cet instant précis, les petites étoiles semblèrent se rapprocher les unes des autres.
*On dirait de la fumée maintenant…*

Louise se frotta les yeux encore une fois.
*Je délire…*
Au milieu des rafales de vent, elle avait chaud.
Elle se frotta à nouveau le visage, se redressa et s'assit en tailleur.

Les petites étoiles blotties les unes contre les autres s'étaient teintées d'un bleu clair très lumineux et, devant Louise médusée, dessinaient une silhouette…
Une silhouette féminine.

La créature, très vaporeuse, se rapprocha.

Louise se leva d'un bon et tendit la main. Son cœur battait – elle avait vraiment très chaud - et ce qu'il se passait dans son ventre était indescriptible.

La silhouette s'affina, se précisa.
Quelque chose se déplia dans son dos.
Comme on déploie…
Des ailes.
Le vent redoubla de force.
Et bientôt, devant elle, se tenait…
Une fée…

Les jambes de Louise se dérobèrent aussitôt et elle tomba à genou.

L'amour explosait en elle… Avec une infinie douceur. Comme une lame de fond d'une absolue délicatesse, elle se propagea en Louise jusque dans la moindre de ses cellules.

Elle fondit en larme.

Le vent cessa brusquement et un calme irréel et sacré s'installa entre Louise et la créature.

*Une fée…*
À travers ses larmes, Louise la vit sourire.

Une incroyable sérénité émanait de la créature tandis que sa longue chevelure blonde ondulait lentement autour d'elle.
Elle était d'une beauté à couper le souffle et son visage parfait était le plus doux que Louise n'eût jamais vu.

Ses yeux, d'un bleu transparent, pénétrèrent jusqu'à l'âme de Louise.

- Pourquoi pleures-tu ?

Louise baissa les yeux et sa gorge lui fit mal.
*Bon sang ! Papa avait raison !*

Le visage entre ses mains, Louise ne pouvait se res-saisir.

- Je… Je suis désolée… Un être d'un autre monde et d'une incroyable beauté se tient là, juste devant moi et je ne fais que pleurer !

Un souffle effleura Louise et elle se calma aussitôt.

- Merci… hoqueta-t-elle.

La fée ferma les yeux un instant et inspira longuement.

- Nous sommes le vent…

Sa voix cristalline s'était faite plus grave, comme mul-tiple.

- Nous sommes le silence lointain du ciel et du firma-ment.

Nous sommes les fées du silence.

Nous sommes les Sylphes.

Elle fit une pause.

Louise avait un peu repris ses esprits. Mais, bien que totalement émerveillée, elle ne parvenait pas vraiment à faire taire son esprit rationnel.

*Ce doit être un rêve…*
*C'est pas possible autrement.*
*Les fées, ça n'existe pas !*

La Sylphe sourit.

Louise rougit.

- N'aie pas honte de tes pensées, dit-elle de sa voie redevenue cristalline. Nous savons votre difficulté à croire en notre réalité. Tu voudrais une preuve, n'est-ce pas ? Vous en voulez tous.

Mais je suis une Sylphe…

Je suis la brise dans tes cheveux, je suis le vent qui pousse les nuages, je suis la tornade qui emporte tout… Je suis…

Je suis immatérielle.
La preuve est dans ton cœur, Louise.
Nulle part ailleurs.
Écoute-le.

Que te dit-il ?

Louise avait beau vouloir s'en convaincre, elle devait bien se l'avouer : elle savait qu'elle ne rêvait pas.
Mais elle devait abandonner tellement de certitudes.
*Papa avait raison…*
*J'ai tellement honte.*

- Oui, ton père avait raison. Et tu ne l'as pas cru, comme presque tous. Tu t'es opposée à lui, et oui il en a souffert…
Mais, tu peux réparer.
Un seul de tes sourires, un seul de tes regards et il saura. Alors, le feu de la blessure deviendra cendres et votre amour renaîtra comme le phénix.
Je te fais cette promesse solennelle, ici et maintenant, Louise.

Au fond d'elle même, Louise savait que son père lui pardonnerait ses moqueries, ses railleries. Son mépris même.
Mais se pardonnerait-elle ?

- Apprends à parler au vent…
Confie-lui tes soucis et il les emportera, les transformera et les libérera…
Comme des feuilles mortes, portées par le vent d'automne, qui retournent à la terre.
Laisse les tempêtes balayer tes doutes et tes amertumes et faire la lumière en toi.
Et permets-lui de porter tes belles idées pour les offrir au monde.

Comme des graines d'amour semées aux quatre vents,
qui grandiront et s'épanouiront à travers le monde.
Ne doute pas de cela.
Vous êtes tous des créateurs.
Des créateurs de votre propre vie et de la beauté dans
ce monde.
Tous.

Laisse le vent d'été te réchauffer le cœur.
Laisse la brise légère te rafraîchir l'esprit.


Vois son jeu sur l'eau, dans le ciel et les nuages,
Entends le bruissement dans les arbres,
Écoute jouer les carillons,
Et comprends qu'ils sont autant de signes qui te sont
destinés.

N'oublie pas de sentir ton propre souffle.
Prends-en conscience, laisse le t'habiter, te grandir et
te nourrir.
L'inspire et l'expire.
Laisse en toi la place pour que le souffle de vie circule
et purifie ton être.

Et enfin, fais-toi légère,
Comme une plume, un pétale et laisse-toi porter.
Laisse ton esprit prendre son envol et ton âme toucher
les cieux.

La Sylphe se tut un long moment.

Quelque chose changea peu à peu en Louise pendant
que la Sylphe parlait.
Quelque chose qu'elle ne sut pas définir immédiatement, elle qui doutait de tout.

La certitude.

Le monde de Louise s'écroulait. Toutes ses certitudes étaient bonnes à jeter aux orties.

- N'oublie pas que tu as quelqu'un auprès de toi pour te reconstruire.

*Papa.*

- Oui, ton père. Il saura te prendre par la main, avec toute la délicatesse dont il a toujours fait preuve et que beaucoup ont confondue avec de la faiblesse. Son amour te guidera vers nous.
Et vers ta vérité encore cachée.
Nous sommes heureuses de cela.
Mais sache que nous sommes des messagères…

La Sylphe se tut, ferma à nouveau les yeux et inspira profondément.

- Nous sommes, mes sœurs et moi, venues te porter un message… dit-elle de sa voix redevenue grave.
Le cœur de Louise se serra.

- Tu portes la vie en toi…
Tu es enceinte.

- Quoi ? cria Louise. Son cœur bondit dans sa poitrine. Son regard et ses mains se portaient aussitôt à son ventre et des larmes de joie coulèrent sur ses joues.
Une vague de bonheur indescriptible éclata en elle comme un feu d'artifice.
Elle n'y croyait plus.
Louise releva le visage et découvrit la Sylphe rayonnante de joie elle aussi.
Elle aurait tellement voulu la prendre dans ses bras.
Leurs regards plongèrent l'un dans l'autre et Louise faillit s'y perdre.
Mais la Sylphe reprit.

- Nous sommes les messagères d'une autre vérité, Louise.

La jeune femme retint son souffle.

- Nous ne possédons pas d'âme immortelle, comme vous. Et c'est notre seule souffrance.

Certaines font alors un choix.

Celui de devenir humain.

Et de vivre éternellement…

Louise ne respirait toujours pas.

*Où veut-elle en venir ?*

- Ma chère enfant, tu portes en toi l'une d'entre nous.

Tu portes en toi l'esprit…

D'une Sylphe.

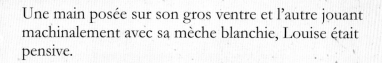

Une main posée sur son gros ventre et l'autre jouant machinalement avec sa mèche blanchie, Louise était pensive.

Elle chercha longtemps à se remémorer ce qu'il s'était passé après cette révélation. Mais elle ne se souvint jamais de la façon dont elle était rentrée au campement. D'ailleurs les jours qui suivirent res- tèrent bien flous dans son esprit.

Son père vint s'asseoir tout près d'elle.
Il posa sa main sur celle de sa fille…
Et ils se sourirent.

# Le Chat dans le Jardin

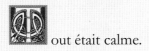out était calme.

La glycine, maîtresse des lieux, embellissait et embaumait tout le jardin.
Abeilles et bourdons - d'énormes gaillards tout noirs – vrombissaient parmi les milliers de petites fleurs lilas qui tombaient en grappe.
Une myriade de pétales secs jonchait le sol et, de temps en temps, un petit vent en emportait quelques uns pour les disséminer au gré de ses caprices.

De joyeux cris suraigus vinrent rompre le silence.

Une petite fille d'environ sept ans déboula en courant et vint se jeter dans le tapis doux et soyeux des fleurs tombées de la glycine.
Bien qu'essoufflée, elle continuait à rire aux éclats alors qu'elle roulait dans les confettis lilas.
Puis, allongée sur le dos, elle les fit tomber en pluie sur elle, encore et encore et sa joie redoubla.
Il y avait des pétales jusque dans son T-shirt, et Mina, la poupée passée à la ceinture de son jean, en avait même dans sa robe.

Lorsqu'elle fut presque entièrement recouverte, visiblement satisfaite, elle soupira aussi longuement et bruyamment qu'elle le put.
Epuisée, le sourire aux lèvres et les bras en croix, elle ferma les yeux.

Un petit courant d'air vint la caresser.

- C'était drôle, hein ?

- Oh que oui ! répondit-elle sans toutefois bouger un cil. Par contre, j'suis sûre que tu m'as laissée gagner. Tu sais qu'j'adore m'amuser dans la glycine !

- Tu veux qu'on joue à autre chose, Gwenaëlle ?

- Attends un peu ! J'suis fatiguée... Et si tu me racontais une de tes histoires ?

- Voyons... Celle de l'hirondelle ?

- Oh non ! J'la connais par cœur ! Une que j'connais pas.

- Attends... Je cherche. Ah ! J'y suis !

La petite fille ouvrit les yeux en jaillissant de dessous son lit de fleurs.

Puis, elle s'installa confortablement contre le tronc de la glycine, visiblement ravie.


- Il était une fois une très belle princesse fée qui vivait dans un château merveilleux fait de fleurs et de......

- Comment elle s'appelle ? l'interrompit Gwenaëlle.

- Goutte d'or...

- Drôle de nom !

- Il faut un nom spécial pour une fée spéciale, voyons...

- T'as raison !

- Bon, où en étais-je ? Ah oui ! Son nom ... Qui lui venait du fait qu'elle était née dans un bouton d'or, tu sais, ces petites fleurs jaunes toutes brillantes...

- Oui, on les met sous le menton et il devient tout jaune...

- C'est bien ça. Donc... Goutte d'or et sa meilleure amie se prom...

- Attends ! l'interrompit à nouveau la petite fille.

- Quoi ?

- T'as pas entendu ?

- Non.

- Mais si ! Là ! T'entends pas ? s'étonna la fillette. On dirait des pleurs.

- Tu as raison... J'entends quelque chose aussi.

- On va voir ? suggéra Gwenaëlle, tout à coup tout excitée. Peut-être que c'est Goutte d'or qui est en danger ? Vite, faut la sauver !

Elle était déjà debout, toute tendue vers les cris, aux aguets.

- Je doute fort que ce soit elle… Ça ressemble plus à un chat qui miaule.

- T'en sais rien ! Allez, viens. Et puis, si c'est un chat, il a peut-être besoin d'aide.

- C'est possible, en effet ! Dans ce cas, trouvons d'où viennent les cris.

- On dirait que c'est par là, au fond du jardin. C'est vrai qu'on dirait un chat… conclut la petite fille.

- Allons-y.

Elles cherchèrent autour et dans le gros massif d'hortensia rose et blanc, sous la tonnelle, et même derrière les trois chênes, bref, dans les moindres recoins.

- Où est-ce qu'il est ? Ah ! Le cercle d'iris ! On n'a pas regardé dedans !

Gwenaëlle y était déjà et en ressortait aussitôt, la mine défaite.

- L'est pas là ! bougonna-t-elle.

- Je sais ce qu'on a oublié… La souche !

- Ah oui ! La souche ! répéta la fillette qui était déjà partie en trombe.

Un minuscule chaton sortit de derrière la souche au moment même où Gwenaëlle arrivait.

Elle ralentit aussitôt et, sur la pointe des pieds, alla se cacher derrière le grand hêtre.

- T'arrives enfin, plaisanta la fillette. Cache-toi derrière moi…

- Tu es si rapide que personne ne peut te suivre, voyons !

- Vous êtes toutes pareilles les fées, faut toujours que vous traîniez en route ! déclara la fillette de son air espiègle.

- Ce n'est pas de ma faute ! Il y a trop de belles choses à voir en chemin, protesta la joyeuse petite fée.

Minuscule - pas plus haute que trois gerboises l'une sur l'autre-, elle portait une longue robe faite de pétales de fleurs rose et jaune qui soulignait la finesse de sa taille. Ses ailes violettes – semblables aux papillons – brillaient de reflets irisés sous le soleil de printemps tandis que sa chevelure blond foncé ondulait au gré de ses mouvements.

- Regarde Cléa… C'est lui qui miaulait… indiqua Gwenaëlle en montrant le chaton du doigt. Il a l'air perdu.

La fillette pencha la tête sur le côté, comme pour mieux l'observer.

- C'est bizarre… Par moment, on dirait qu'il a des ailes. Comme celles des libellules, tu vois ?

- C'est un chat-fée, révéla la fée, devenue soudain sérieuse.

La petite fille se retourna brusquement vers Cléa.

- Tu le connais ?

- Pas personnellement, répondit-elle, mais je connais sa famille.

Songeuse, elle baissa les yeux.

- Il faut que j'y aille. À plus tard, ma petite Gwen !

Sur ce, elle s'envola aussitôt et disparut en un clin d'œil.

- Mais, Cléa ! Reviens !

*Lâcheuse !*

*Tans pis ! Vais m'débrouiller toute seule, na !*

Mais, J'fais quoi avec le chaton ? râla-t-elle.

Comme pour lui répondre, le chaton miaula à nouveau.


- Ça va ma chérie ?

- Oui m'man ! hurla Gwenaëlle.

- À qui parles-tu, ma puce ?

- À ma poupée Mina, m'man.

La fillette caressa la poupée passée dans sa ceinture.

- Tu ne veux plus de ton gâteau ?

- Non merci m'man…

- Bon ! Ne t'éloigne pas, d'accord ?

- Non, non…


Inquiète que cet échange avec sa mère - restée lire sur la terrasse de l'autre côté de la haie de mimosas - n'ait fait fuir le chaton, la petite fille n'osa pas regarder tout de suite en direction de la souche.

Ouf ! Il est encore là.

En fait, il se léchait.

- Oh ! Qu'il est mignon…

Elle sortit de sa cachette et s'approcha à pas comptés.


Aussitôt, le petit félin s'envola…

Et se posa sur son épaule.


- Mais !! T'es tout p'tit ! Comme Alfred, mon hamster !

*Par contre, tu sens meilleur !*

- Comment tu t'appelles ?

Gwenaëlle entendit un nom dans sa tête.

Cyle.

*C'est joli…*

- Enchanté Cyle, moi c'est Gwenaëlle.

En guise de réponse, il se mit à ronronner. Fort. Vraiment très fort.

- Bon ! T'es pas bavard, mais t'as l'air content, c'est déjà ça. On dirait que t'es né y'a pas longtemps, alors ta maman ne devrait pas être bien loin. On va la trouver, t'inquiète.

Le minuscule chaton décolla de l'épaule de la fillette, fit une halte sur sa tête - lui arrachant quelques uns de ces beaux cheveux noirs - et disparut de sa vue.

- Ben ! T'es où ?

Elle tourna sur elle-même en vain, un peu inquiète.

Et puis…

- Oh ! Ça chatouille ! Qu'est-c'que c'est ?

Quelque chose venait de passer sous son t-shirt.

En quelques secondes, la tête de Cyle fit irruption par son col.

- Qu'est-c'que t'es choux ! J'peux te garder pour toujours? Allez, s'te plaît !!!

Le chaton vint se frotter contre son menton, puis s'envola à nouveau.

- Ça veut dire non ? Ben, réponds-moi ! rouspéta-t-elle en le poursuivant.

Pourrais m'attendre quand même !

Sans se soucier d'elle apparemment, le petit chat-fée s'enfonça dans la haie.

- On n'a pas le droit d'aller par là ! Maman dit que c'est abandonné… C'est dangereux ! murmura-t-elle.

Pourtant, non sans mal, la fillette le suivit.

La haie de thuya était décidément très épaisse et Gwen-aëlle se demandait comment le chaton ailé, aussi minuscule fut-il, était arrivé à passer au travers.

- Vais abîmer mon nouveau t-shirt et m'man va me faire ma fête !

*En plus, si ça se trouve, Cyle est reparti dans l'autre sens !*

La fillette parvint finalement de l'autre côté sans trop de dommage.

Ce qui ne fut, effectivement, pas le cas de son t-shirt…

Elle déboucha dans un massif de fleurs, à l'ombre de plusieurs arbres qui formaient une véritable arche végétale.

Gwenaëlle frissonna.

*J'aurais dû prendre un gilet…*

Après s'être époussetée, elle finit par s'intéresser au lieu.

- C'est drôlement grand ici !

*J'aurais pas imaginé…*

Ça a pas l'air du tout abandonné … reprit-elle.

*Maman dit n'importe quoi…*

En effet, sur une grande pelouse parsemée de fleurs sauvages, des bassins débordant de nénuphars multicolores bruissaient du murmure cristallin des filets d'eau qui s'écoulaient de leurs fontaines.

- Bon ! Où est passé ce chat !

Cyle ! Cyle ! murmura la petite fille en se faisant toute petite.

*Faudrait pas que les voisins me tombent dessus !*

Mais pas le moindre signe du petit chat-fée.

La fillette tendit l'oreille à l'affut du moindre son inhabituel.

Ce ne furent pas des miaulements de chaton qui lui parvinrent.

Mais plutôt des petits… grognements.

*Houlà ! Des chiens !*

Sur le côté du jardin se dressait un très grand peuplier.

Et les bruits venaient de derrière.

*Trop peur ! J'm'en vais…*

La petite fille était déjà en train de rebrousser chemin, quand elle entendit un petit miaulement en provenance du même endroit.

Elle soupira.

Mince…

- Pourquoi t'as pas fait demi-tour, Cyle ? dit-elle à voix haute.

*Sont pt'-être en train de te faire du mal…*

L'image du chaton ailé en train de se faire manger par un doberman lui traversa l'esprit…

Et elle partit en courant vers le peuplier.

- Cyle ! J'arrive !

*À quelques mètres de l'immense arbre, elle ralentit le pas.*

*Pourrait y avoir un éléphant là derrière tellement il est gros !*

Aux aguets, Gwenaëlle s'en rapprocha lentement, ramassa un long bâton et se colla dos au tronc.

*Y'a du monde là derrière, c'est sûr.*

*Plein d'chiens ?*

Son cœur battait fort et elle transpirait légèrement.

L'image du doberman lui revint en tête.

Alors, arme en main, elle se précipita.

- Stop ! cria Gwenaëlle.
Mais, ce qu'elle découvrit en réalité la laissa bouche bée. Elle en lâcha son bâton.

Une femme, tout de blanc vêtue,  était assise sur l'herbe rase et jouait avec des… chiens.

Une mère et ses trois petits.

L'arrivée intempestive de la petite fille les figea un instant.

Et tous, femme, fillette et animaux, demeurèrent ainsi à s'observer quelques secondes.

Pas de chat-fée.
Pas de doberman en train de le mâchouiller…
- Désolée, murmura Gwenaëlle, toute penaude.

- Désolée de quoi, jeune fille ? répondit la belle dame calmement.
- Ben… Je croyais… Enfin… J'ai cru que… bafouilla la fillette.
Changer de sujet…
- Vous n'auriez pas vu un petit chat avec des… Un cha-ton, en fait ?
- Non. Pas de chat à l'horizon, désolé.
J'ai bien entendu des miaulements. P'être qu'ils l'ont déjà mangé !
Oh non !
Faut que j'en aie le cœur  net !
- Sont gentils ?
- Très, répondit laconiquement la dame en souriant.
- Quand même, sont spéciaux vos chiens, non ?
- Pour des loups, ils ne le sont pas tant que ça !

Gwenaëlle fit un bond en arrière.

*Des loups ! La vache !*
*Fuir !*
*TOUT DE SUITE !*

Pourtant, la fillette resta figée sur place.
Fascinée.
Subjuguée.

*Des vrais loups…*
*En vrai !*
*Sont beaux en plus…*

- Tu veux les caresser ?
- …

La louve s'approcha.
Gwenaëlle recula.

- Elle ne va pas te manger…
- Sont connus pour le contraire !
- Certes ! consentit la belle dame en riant dans sa belle
robe brodée.
La louve avança encore et la fillette ne bougea plus.
Sa truffe humide effleura sa main, qu'elle retira dans un
réflexe.

L'animal s'assit alors face à Gwenaëlle.
La petite fille mourait d'envie de la caresser et sans s'en
être vraiment rendu compte, elle était elle-même accroupie devant la bête.

Face à face.
Les yeux dans les yeux.
Quiconque ne l'a pas vécu, ne peut comprendre ce que
la fillette ressentit alors.
 Le regard de la louve plongea dans celui de la petite fille
de sept ans.
Elle déglutit.

Elles restèrent immobiles quelques instants.

Alors, Gwenaëlle sourit.
Car dans les yeux de la louve, elle ne vit que de la tendresse.
*T'es une maman…*
Sa petite main caressa la belle tête de la louve, puis elle l'enlaça comme seuls savent le faire les enfants.
De tout son être.

Et puis, les louveteaux, qui s'étaient rapprochés, se jetèrent sur la fillette en la léchant.
Elle tomba à la renverse et les petits en profitèrent.
S'en suivit une belle bataille de caresses et de grattouilles.

Gwenaëlle, échevelée et essoufflée, finit par demander une trêve.
*Trois contre un ! Quand même !*
Il fallut l'intervention de leur mère pour que les louveteaux se calment et ce ne fut pas chose facile…
- Ils ont de l'énergie !
- Ils sont comme toi, plein de vie, commenta la dame.

La fillette fronça les sourcils.
*Cyle… J'l'avais oublié !*
- Maintenant que je les connais, j'peux pas imaginer que vos loups aient mangé le chaton que je cherche. Mais il faut vraiment que je le trouve. Il est spécial, vous comprenez ? Vous êtes sûre que vous n'l'avez pas vu ?
- Non, mais on peut t'aider, si tu veux.
- Je crois que vous lui feriez peur, dit-elle en regardant la louve et ses louveteaux encore très excités. Mais, vous m'autorisez à chercher dans votre jardin ? demanda Gwenaëlle.
- Va là où tu veux. Je suis certaine que tu vas le retrouver.
- J'ai pas envie de vous quitter, mais maintenant que j'sais que ma voisine a des loups, je reviendrais… Si j'peux ?
- Bien sûr…

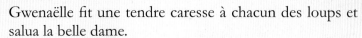

Gwenaëlle fit une tendre caresse à chacun des loups et salua la belle dame.
- À bientôt alors…
Puis, elle s'éloigna.
La dame aux loups la regarda s'éloigner et disparaître derrière un massif de buis.

- Elle n'a pas vu mes ailes… fit la belle dame en caressant la louve.
- Elle pense que tu es sa voisine…
- Étonnant ce que les croyances peuvent rendre aveugle.
*Oui… Même elle…*

- C'est immense ici…
*J'vais jamais le retrouver. J'ferais mieux de rentrer.*
*À moins que j'sois perdue…*

Mais ?
Gwenaëlle s'arrêta net.
- C'est un miaulement ça ! C'est sûr !
*Par là !*

Elle suivit l'allée de buis sauvages, dépassa trois petits chênes et parvint finalement devant ce qui ressemblait bien aux restes d'un mur écroulé.
*On dirait un siège…*
- Cyle, t'es là ? Cyle ! J'suis certaine que tu te caches pas loin ! J't'ai entendu…
La fillette, sûre d'elle, croisa les bras en tapotant du pied.

Surgi de nulle part, le chaton ailé frôla l'oreille droite de Gwenaëlle et vint se poser sur le monticule de pierres.
- Eh ! Tu m'as fait peur ! On n'arrive pas de derrière les gens comme ça ! plaisanta la fillette, trop contente de retrouver son petit compagnon.
- Tu n'te sauves plus, hein ? implora la petite fille.

En guise de réponse, il vint se lover dans ses bras.
Alors qu'elle le caressait et le chatouillait, un petit éclat de lumière attira son attention.

En levant les yeux, elle sursauta comme jamais.
*Oh la vache !*

Devant elle, se tenait une très jolie jeune fille, à la longue chevelure rousse, assise auprès d'un beau chat gris…
Et jeune fille et chat avaient … des ailes.

Aussitôt, le chaton s'envola les rejoindre et se frotta longuement contre le chat gris.

*T'as retrouvé ta maman on dirait…*

Ne sachant que faire, Gwenaëlle ne bougea pas d'un cil.

Mais comme la fée se contentait de lui sourire en caressant ses chats, la fillette se lança.

- J'ai jamais vu de fée aussi grande que vous avant… Vous êtes une reine ?

La jolie rousse éclata de rire.

- Non… Pas du tout !

Gwenaëlle devint pensive.

- Vous savez, je crois que Cyle n'a jamais eu besoin de moi pour retrouver son chemin. Quand Cléa est partie – je me demande bien pourquoi d'ailleurs ! - j'ai cru, du coup, qu'il fallait que je l'aide à rentrer chez lui !

- C'était peut-être le but ? Ne crois-tu pas ? Peut-être que l'objectif de cette petite chasse poursuite était de savoir si tu pourrais le suivre…

- C'était pas difficile, il miaulait quand je ne savais plus où aller, fit remarquer la petite fille.

- Pour toi, oui, c'était facile. Parce que tu sais écouter. Je ne suis pas sûre que ce soit le cas de tout le monde…

- Oui ! C'est vrai ! Autour de moi, je suis la seule à voir Cléa… Elle me suit parfois à l'école et mes copines ne la voient pas non plus. Au début, ça m'a fait bizarre, mais elle m'a dit qu'on est tous différents et que du coup, nos dons aussi sont différents. Alors j'me suis dit qu'le mien, c'était de voir les fées !

- C'est bien comme ça que je vois les choses aussi, acquiesça la jolie rousse. Sais-tu qui elles sont ?

- J'comprends pas…

- Sais-tu quel est leur rôle dans le monde ?

Gwenaëlle prit son air songeur.

- J'sais pas moi… Le rendre plus joyeux ! Elles sont toujours en train de rire…

- C'est vrai, elles sont très joyeuses, surtout les toutes petites comme Cléa, qui veillent sur les fleurs et les plantes en général.

- Ah bon ? C'est c'qu'elles font ?

- Oui, elles font partie des esprits de la nature. Certains les appellent les élémentaux. Parce qu'il y a quatre familles liées aux quatre éléments : il y a l'air, dont font partie les fées comme Cléa. Puis, il y a l'eau, représentée, par exemple par…

- Les sirènes ! coupa la fillette.

- Oui, c'est ça ! Très bien ! Ensuite, il y a la terre, que les gnomes, lutins et autres facétieux personnages représentent fort bien.

- Et après ?

- Et pour finir, il y a le feu, représenté par…

Elle s'interrompit, en attente de la réponse de la petite fille.

- …

- Tu ne vois pas ?

- Non ! Pas du tout même…

- La salamandre… annonça la fée. Il faut dire qu'elle est très discrète et que rare sont les humains qui en ont rencontrées… Conséquence de quoi, peu d'entre vous en parlent à travers les livres, les contes et les fables.

- Tu veux dire que les contes de fées sont vrais ?

- Ce sont des histoires inventées, mais elles sont un merveilleux moyen de raconter certaines vérités difficiles à croire dans votre monde…

Cette dernière remarque plongea Gwenaëlle dans d'intenses réflexions.

- Et vous ? De quelle famille vous faites partie ? finit-elle par demander.

- Je suis une fée de l'air… Et d'ailleurs, je me rends compte que je ne me suis pas présentée. Je m'appelle Ysmaée.

- C'est super joli ! Enchantée Ysmaée, déclara la petite fille en faisant une belle révérence.

- Parmi les esprits de la nature - à part les dragons - seules les fées peuvent appartenir aux quatre éléments, poursuivit-elle. Et elles sont, toutes appartenances confondues, les plus proches des humains… C'est pour cela que tu les vois facilement et que d'autres, dans le monde, les voient aussi.

Elle fit une pause.

- Pourquoi je suis là ? s'enquit la fillette.

- Bonne question ! se réjouit la fée. Parce que tu as sept ans aujourd'hui et que c'est l'âge de raison comme vous dites et désormais, tu peux mieux comprendre certaines choses.

Gwenaëlle se perdit à nouveau dans ses pensées, ce qu'Ysmaée respecta en se contentant de câliner ses chats. La fillette se rapprocha d'elle, s'assit sur les pierres et vint, elle aussi, caresser le chaton.

- J'suis pas chez la voisine, c'est ça ?

La fée sourit en guise de réponse.

- J'ai trouvé bizarre de rencontrer une dame avec des loups à côté de chez moi… Sur le coup, j'me suis dit : pourquoi pas ! Mais maintenant que je vous vois, avec vos ailes et tout et tout…

Elle fit une pause.

- Alors, j'suis où ? Et qui est cette dame aux loups ?

- Tu es de l'autre côté…

- De l'autre côté de ma haie, oui, ça je sais !

- Non… Tu es de l'autre côté…

- Mais de l'autre côté de quoi ?

- De l'autre côté de TON monde.

Cette révélation laissa à nouveau la fillette silencieuse.

- Votre monde, finit-elle par dire simplement.
- Oui.
La petite fille chatouilla le ventre du chaton qui se mit à ronronner aussitôt.

- Je me sens en sécurité ici… Je me sens bien, lâcha-t-elle.
- C'est tout naturel. Car tu es chez toi ici.
- …
- Oui, une part de toi est de ce monde… Tu le comprendras mieux plus tard.
- C'est vrai que là, tout de suite, j'vois pas ce que ça veut vraiment dire !
Sa réflexion fit rire la fée.
- Tu as raison, chaque chose en son temps !

Gwenaëlle regarda longuement Ysmaée dans les yeux.

- Et vous ? Qui vous êtes ?
- Je suis la gardienne de la colline. Je veille sur tout ce qui vit ici et là-bas, dans ton monde, répondit-elle.
- D'accord, dit la fillette qui sembla tout simplement accepter le fait.
Au fait, vous avez pas répondu à ma question de tout à l'heure : la dame aux loups, c'est qui ?
- L'autre protectrice.
- Vous êtes toujours deux ?
- Non. Mais parfois, nous ne sommes pas trop de deux. Surtout quand il y a quelqu'un comme toi dans les parages !
La fillette ne releva pas et poursuivit les caresses au chaton ailé qui ne s'en lassait visiblement pas.
- C'est quoi son nom alors ?
- Elle s'appelle Alfyme et la louve se nomme Zéfir.
- Elle m'a impressionnée.
- C'est toujours l'effet qu'elle produit. Avant que tu ne le demandes, Alfyme est une fée de la terre.

- J'ai bien aimé la louve… C'est une fée aussi ?
- Oui. Elle a prit l'apparence d'une louve car elle protège cet animal et elle se sent proche de son esprit, de sa nature.
- J'savais pas que c'était possible…

Le sourire d'Ysmaée fut son seul commentaire.

Ce fut le moment que choisit Cléa pour réapparaître.
Elle s'était toujours amusée à provoquer un petit courant d'air annonçant son arrivée auprès de Gwenaëlle, bien qu'elle puisse être là où elle le voulait en un clin d'œil et sans déplacer le moindre souffle.
- Ah ! Te voilà ! T'étais où ? questionna la petite fille, sourire aux lèvres.
- Fallait bien que tu vives tes propres aventures… Toute seule !
- Et t'as su ça en voyant Cyle ?
- Je sais de qui il est le compagnon, dit-elle en regardant Ysmaée, et je sais ce que cela signifie quand il apparaît dans ton monde…
- Quoi ?
- Qu'il est temps de nous rendre visite… Ou du moins, d'essayer, confia Cléa.
- Tout le monde n'y arrive pas ?
- C'est peu de le dire !
La fillette bomba le torse en souriant.
Et toutes éclatèrent de rire.
- Tu peux être assez fière de toi, c'est vrai… admit la minuscule fée, mais fais attention, tu as les chevilles qui enflent !
- Pffffff ! De toute façon, j'peux même pas m'vanter auprès des autres ! Ils m'croiraient pas, de toute façon… Et puis, ce serait un super moyen de passer pour une folle, et ça ! Non merci ! déclara-t-elle en riant.

- Je crois qu'il est temps que tu rentres Gwenaëlle. Nous voulions te faire ce cadeau pour tes sept ans. Celui de t'ouvrir le monde des esprits de la nature. Tu seras toujours la bienvenue. Mais je crois qu'il est l'heure d'y aller. Je perçois ta mère qui t'appelle…

- Il faut que j'y aille, là, tout de suite ?

- Prends le temps de nous dire au revoir, bien sûr ! Ensuite, Cléa te montrera le chemin.

- J'vous verrais plus ?

- Tout dépend de toi… Désormais, ce sera à toi de retrouver le chemin, seule.

La fillette jeta un coup d'œil à Cléa, son amie de toujours.

- Ce n'est pas son rôle et, de plus, elle ne peut pas ouvrir le passage, expliqua Ysmaée.

Gwenaëlle eut beaucoup de mal à les quitter, surtout Cyle, à vrai dire.

Et quelques larmes coulèrent sur ses joues rosies par l'émotion.

Ce petit chat ailé resterait pour toujours dans son cœur.

À contre cœur, la petite fille se laissa guider par Cléa et finit par retrouver son jardin, au moment même où sa mère l'appelait.

- Ah ! Ma chérie ! Où étais-tu ? Je t'ai cherché partout !

- J'étais cachée dans un buisson, m'man.

- Quand je t'appelle, j'aimerais que tu répondes, mon cœur.

- Allez, viens… Tu n'as pas ouvert tous tes cadeaux.

Un dernier clin d'œil à Cléa et Gwenaëlle rentra chez elle…

*- Tu crois que tout ira bien pour elle ?*

*- Seul l'avenir nous le dira, Ysmaée…*

*- Leur corps, ce si merveilleux petit véhicule, est bien lourd à porter pour certains et les mémoires qu'ils portent, brouillent leurs esprits, aussi sensibles soient-ils…*

*- Ne t'inquiète pas tant que ça, Ysmaée ! Oui, elle traversera des moments difficiles et elle versera beaucoup de larmes. Mais ce lien indéfectible avec le monde de Féerie la portera, l'aidera… Et, en définitive, la sauvera.*

*- Tu as sans doute raison, Alfyme… Mais crois-tu qu'elle réussira à retrouver le chemin ?*

*- Le lien ne peut pas être rompu, tu le sais. Même si elle nous oublie… Quoi qu'il advienne, son âme continuera à venir nous voir en rêve.*

*Crois-moi, un jour, elle reviendra…*

# Le Petit Oiseau

J'ai entendu un choc contre la vitre.

Sur le moment, je n'y ai pas prêté attention et j'ai repris ma lecture.

« Sûrement un de mes chats qui s'amuse », me suis-je dit.

Seulement, une petite cloche s'est mise à tinter dans mon esprit.

Lancinante et entêtante.

Cela m'avait sortie de ma lecture, tout de même… Un bruit inhabituel… Comme quelqu'un qui se cogne… Qui se fait mal.

Une collision.

J'ai posé mon livre et suis sortie.

Tout était calme en cette belle fin de journée de printemps.

Pas de chats blessés.

Pourtant…

Un je-ne-sais-quoi me fit baisser les yeux.

Un petit oiseau gisait sur le seuil de ma porte.

Il agonisait.

Je l'ai pris dans mes mains et l'ai caressé doucement.

C'était un joli petit oiseau probablement un rouge-gorge.

Je suis restée là, debout, à le regarder respirer très fort, sans savoir quoi faire.

Les ailes brisées, paralysé, il mourait.

*En silence.*

Et puis, une légère brise a soufflé et le petit oiseau a cessé de respirer, comme si le vent avait emporté son âme. J'ai contemplé le petit corps sans vie, lové dans mes mains, encore un long moment, le cœur serré mais soulagée que ses souffrances aient pris fin.

La vie l'avait quitté… Sous mes yeux.

Je n'arrivais pas à me résoudre à bouger, à décider quoi faire de cette si petite créature.

Si légère, si fragile.

J'ai pensé l'enterrer, mais j'ai jugé que ce serait en faire trop.

J'avais trouvé un nid vide quelque temps auparavant. Je ne sais pourquoi je l'avais gardé. Finalement, aussi délicatement que possible, j'y déposais le petit rouge-gorge et le suspendais à une branche basse de mon vieux et beau chêne. J'y plaçais quelques impatients d'un joli rose et caressais l'oiseau une dernière fois.

Je ne pus m'empêcher de jeter un dernier regard.

J'espérais peut-être le voir s'envoler…

Et puis, à regret, je suis rentrée chez moi et j'ai repris le cours de ma vie.

Enfin, pas tout à fait.

Tout au long de la journée, j'avais pensé à ce petit oiseau venu mourir à ma porte.

Cela arrive à des milliers d'entre eux chaque jour, mais celui-ci était mort dans mes mains.

Ces quelques instants passés avec lui furent hors du temps, silencieux, précieux, presque sacrés.

Pourtant, mes occupations habituelles finirent par me rattraper. Et, inévitablement, la journée s'acheva…

Comme chaque soir, les nuages s'enflammèrent et je me perdis dans les nuances de rose et d'orangé…
Et puis, toute la maisonnée alla se coucher et je finis par m'y résoudre aussi.


En fermant les volets, comme souvent, je contemplais quelques instants encore les collines toujours empourprées par le soleil couchant et jetais un dernier regard sur mon jardin, quand j'aperçus d'inhabituelles lueurs.
On aurait dit des lucioles, bien que plus grandes et plus lumineuses.
Elles tournaient, virevoltaient, dansaient dans un coin sombre du jardin.
C'était beau, magique et envoûtant.
Mais surtout, totalement irréel.
Si je ne rêvais pas, j'assistais à quelque chose d'incroyable et de parfaitement surnaturel.
Et puis, mon cœur, qui battait déjà la chamade, explosa quand je réalisai que cet étrange ballet avait lieu à l'endroit même où j'avais déposé le petit oiseau.
J'avais peur, mais c'était plus fort que moi, il fallait que j'aille voir.
Je descendis les escaliers sur la pointe de pieds et traversai discrètement mon jardin, en contournant le vieux chêne pour me cacher derrière son large tronc.
Je ne pensais plus. Il fallait seulement que je voie.
Je me penchais sur le côté.


Plus de lumière…
Plus RIEN !


Après une longue inspiration, prudemment, je me rapprochai du nid.
Vide.

Étonnamment et incroyablement vide.

Il se balançait doucement sous le ciel étoilé. Presque insolemment.

Plus de lucioles et… l'oiseau avait disparu.

Avais-je rêvé ?

Machinalement, je touchai le nid. Il était anormalement chaud et une étrange poussière le recouvrait.

Sous les rayons de la lune, désormais levée, je la fis rouler entre mes doigts quelques instants. Elle était légèrement grasse et dorée et sentait incroyablement bon. Une odeur puissante de fleurs… De jasmin peut-être…

Je frissonnais.

J'étais un peu vide, moi aussi, déçue également, mais surtout perplexe.

Je cherchais le petit corps de l'oiseau partout autour de moi. Le vent l'avait peut-être fait tomber ?

Mais, j'eus beau soulever, retourner, déplacer tout aux alentours du chêne, rien n'y fit.

Comme pour me chasser, sonner la fin de cette étrange soirée, un vent violent et étonnamment glacial, se mit à souffler et je décidai, la mort dans l'âme, de rentrer me coucher.

Le lendemain, j'étais dehors aux aurores.

J'avais mal dormi, mais, dès qu'il avait fait assez clair, je m'étais précipitée aux pieds du vieux chêne.

Je retrouvai le nid gisant à terre, un peu plus loin. Le vent, sans doute.

N'apercevant rien de plus, je m'étais mise à arpenter tout le jardin à la recherche de mon petit oiseau rouge-gorge.

Au bout d'une heure, je capitulais et m'adossais au chêne.

Perdue dans mes pensées, je regardais sans le voir le petit nid redevenu ordinaire.

Quand je levai les yeux, trois petits lapins me fixaient.
Je lâchai le nid et me figeai.
Ils étaient là, devant moi, assis en rang d'oignon et parfaitement immobiles, bien décidés à ne pas bouger d'un pouce.
J'aurais pu les toucher, mais je me gardais bien de faire le moindre geste. J'osais à peine respirer.
L'un d'eux se gratta l'oreille, un autre remua la queue, sans jamais me quitter des yeux.

Et puis, celui du milieu fit volte face et disparut en un clin d'œil derrière un bosquet. Les deux autres me scrutèrent encore quelques instants puis, lui emboîtèrent le pas et s'éclipsèrent à leur tour.
Je bondis, m'apprêtant à les poursuivre.
Pour m'arrêter aussitôt.
Je me trouvai ridicule.
Courir après des lapins, à travers tout mon jardin : c'était grotesque.
Et à quoi bon. Ils m'auraient semée en un rien de temps.

Je soupirais et m'étirais. La nuit fut mauvaise et je méritais bien une bonne tasse de thé pour m'éclaircir les idées, sérieusement embrouillées.
Mais, alors que je ramassai le nid, j'aperçus l'un des lapins de l'autre coté de la palissade !
Il m'observait. Comprenant que je l'avais vu, il fit mine de s'éloigner, puis revint sur ses pas et se retourna vers moi.
Au diable l'amour propre ! Un peu d'extravagance dans ma vie, ne me ferait pas de mal…

Je m'élançais.

Quand j'arrivai aux abords de la forêt qui jouxte ma maison, là où j'avais aperçu les trois petits mammifères pour la dernière fois, bien entendu, ils n'y étaient plus.

Pourtant, si je voulais poursuivre mon insolite filature, c'était bien cette direction qu'il me fallait emprunter.

Il faisait jour maintenant, mais les épais feuillages faisaient obstacle à la pâle lumière de l'aube.

En bref, je n'y voyais pas grand-chose.

Je connaissais cette forêt par cœur, puisque désormais, j'habitais la maison de ma grand-mère et qu'enfant, je passais toutes mes vacances à en arpenter le moindre de ses sentiers. Mais, cette époque était révolue, j'avais grandi, et ces grands bouleaux, ces hêtres et ces châtaigniers me semblaient moins amicaux en ce frais matin de printemps.

Je fermai mon gilet et avançai à pas comptés.

Aussitôt, une petite boule de poils, puis deux, puis trois, surgirent devant moi.

La poursuite pouvait recommencer !

Ils apparaissaient, disparaissaient, m'attendaient. En un mot, ils jouaient.

J'essayais de faire abstraction de l'incongruité de la situation et de ne pas chercher à tout prix un sens à tout cela.

Je décidai de m'en amuser.

Le jeu dura suffisamment de temps pour que je fus essoufflée et m'amena en des lieux qui m'étaient inconnus.

Fatiguée, je commençais à ne plus trouver cela drôle. Je ne comprenais pas la finalité de tout cela et songeais réellement à faire demi-tour avant de me perdre définitivement.

Sans doute était-ce des lapins de cirque qui s'étaient échappés et qui se croyaient au milieu de leur numéro.

Je ne voyais vraiment pas d'autres explications. Quant à hier soir, ce devait être de simples lucioles et le petit corps de l'oiseau devait avoir été emporté par un quelconque prédateur.

Ma vie devait être trop ordinaire et j'avais trop d'imagination. Dans une semaine, je n'y penserais plus.

Perdue dans mes pensées, je ne m'étais pas rendu compte que je n'avais plus vu les lapins depuis un moment. Je commençais vraiment à être inquiète - pour moi ? Pour eux ? – lorsqu'enfin, je les retrouvai au milieu d'une minuscule clairière.

Ils étaient à nouveau tous les trois immobiles. La course était finie.
Mais surtout…

Ils n'étaient pas seuls.

Une femme sans âge, aux cheveux gris, presque bleus, m'attendait.
Parfaitement immobile, entourée de mes trois petits farceurs, figés eux aussi, elle arborait un énigmatique sourire qui me déconcerta.
D'insaisissables voilages virevoltaient autour de sa robe vaporeuse du même bleu que sa chevelure relevée en un chignon très lâche.
Je brûlais de lui demander qui elle était… Mais je n'osais pas.

Le temps s'était arrêté.
Comme pétrifié.
L'air sembla prendre de l'épaisseur.
Et devenir palpable.

J'avais le sentiment de contempler un tableau, que j'aurais pu admirer indéfiniment.

Je remarquais alors les quelques pierres devant lesquelles se tenait la femme bleue.

Une étonnante sensation de déjà-vu m'envahit.

Ces ruines, je les connaissais.

-Tu te souviens ?

Je sursautais bien que sa voix fut comme le murmure du vent dans les feuilles. Douce et subtile.

De quoi devais-je me souvenir ?

Je cherchais en moi.

Images et sensations fugaces. Impressions passagères.

Moi, petite… Qui joue…

…Près de ces pierres.

- Oui ! Je me souviens…

Je me souviens de ces ruines, des gravures étranges autour desquelles j'inventais des tas d'histoires.

Je me souviens…

Je souris en revivant un instant ma joie d'enfant, de petite fille. Le souvenir disparut. La joie aussi.

Car je me souvins aussi qu'un jour…

- Un jour, je n'ai plus retrouvé le chemin de cette clairière… Et je me souviens m'être alors persuadée, petit à petit, avoir inventé cet endroit… Avant de l'oublier complètement à l'adolescence.

- C'est bien… Mais cherchez encore plus… Je sais, c'est difficile pour vous… Il y a des choses auxquelles vous n'osez penser car cela semble trop beau… Vous avez tellement peur que ce soit irréel, que vous préférez, pour ne pas être déçue, les garder sous forme chimérique. De peur de les perdre pour toujours. Alors, vous les enfouissez profondément en vous, comme des petits trésors à jamais oubliés. Ils resurgissent, parfois, dans vos rêves et cela vous conforte dans l'idée que vous avez beaucoup d'imagination…

Brusquement, tout remonta à la surface, comme un raz-de-marée. Une tempête d'émotions alors que la mémoire me revenait.
Oui, je jouais. Mais pas seule ! Pas seule ! Je jouais avec elle ! La femme bleue ! Et… D'autres… D'autres…
Je n'osais pas les nommer. Cette peur irrationnelle de passer pour une folle, même dans cette clairière perdue face à cette femme étrange.

- D'autres fées, tu veux dire. Tu te caches aux yeux des autres, oui, mais tu te caches surtout à toi-même. Tu te mens depuis si longtemps.

- Il est temps que je me présente… À nouveau. Je me nomme Célia, et je suis une fée.

Les larmes montèrent et l'une d'elles s'échappa, tandis que je souriais. Pas un doute ne surgit dans ma tête et dans mon cœur. Je savais que c'était vrai.
Je savais que c'était vrai…
Que c'était VRAI !!
Et cette pensée me soulagea instantanément du poids de mes incertitudes, de mes peurs et de l'ombre qui obscurcissait mon âme.

- Enfin… Et elle sourit, comme une enfant.

Je pensais à ma mère… J'aurais tellement voulu qu'elle fut là, auprès de moi, elle dont l'énergie était si douce, si féerique. Elle aurait tant aimé ce moment unique.

Je sentis que Célia voulait me dire encore beaucoup de chose, mais elle se retint… En pensée, j'étais avec ma mère et j'étais certaine qu'à l'autre bout du monde, là-bas, elle le ressentait.

- Je suis une protectrice, poursuivit-elle. Ainsi, je veille sur toi depuis ta naissance. Comme tu le vois, je peux prendre apparence humaine. C'est moins… déstabilisant. C'est ainsi que je te suis apparue le jour où tu as découvert cette clairière. Tu avais quatre ans. Tes parents te cherchaient dans tout le bois, passant à quelques mètres de nous, sans jamais nous voir. Tous les enfants aiment se cacher et tu as adoré partager ce secret avec moi. Cette clairière, seuls les plus jeunes d'entre vous peuvent y parvenir.

Malgré toutes tes peurs et tes doutes, tu as su garder une sensibilité extrême. Et puis, tu es singulière. Le sens-tu ?

- Dans mon monde, c'est pas bien vu de se sentir différent. Toute ma vie, j'ai tenté de rentrer dans le moule…

- Oui, mais au fond de toi ?

- Je me sens un peu décalée, c'est vrai. Mais je ne suis pas la seule.

- Bien sûr… Vous êtes quelques uns, de plus en plus nombreux d'ailleurs, à être sensibles à notre nature. Mais parmi ces personnes, tu es particulière.

- …

- Mais chaque chose en son temps… fit-elle.

J'avais, en effet, toujours eu le sentiment de passer à côté de quelque chose dans ma vie. D'être, en quelque sorte, sur des rails parallèles à mon vrai chemin…

Je restais pensive et une fois de plus, Célia respecta ce moment.


Je repensais soudainement au petit oiseau venu se tuer contre ma fenêtre et aux lumières près du nid dans lequel je l'avais déposé… Aucun rapport apparent avec les lapins et la fée.

Mon regard se posa sur les petits rongeurs dont j'avais totalement oublié la présence.

Ils étaient toujours aussi immobiles. Trois petites statues qui me fixaient. Je me demandais bien quel était leur rôle dans tout cela. À bien les regarder, je remarquais qu'un petit je-ne-sais-quoi avait changé en eux.

Comme je ne trouvais pas, mes pensées revinrent au petit oiseau.

Un sourire énigmatique éclaira à nouveau le visage de Célia.

- L'oiseau… Tu t'interroges ?
- Oui, je sens qu'il y a un lien entre vous et lui… Les lumières… Elles n'étaient pas naturelles. Je le sens.
- Tu as raison. Vois-tu, les esprits de la nature et certaines fées en particulier, peuvent prendre l'apparence d'animaux… Elles endossent ces corps un peu comme des costumes. Mais leur densité est un poids difficile à porter pour elles. Certaines demeurent animal seulement quelques heures, tandis que d'autres choisissent d'y rester plusieurs années.
- Qu'advient-il de l'animal quand la fée part ? demandais-je.
- L'animal et la fée ne font qu'un. L'esprit de la fée quitte son enveloppe, qui redevient alors poussière. C'est ce moment que tu as vu la nuit passée. Les petites lumières étaient des fées venues libérer une des leurs de son costume d'oiseau. C'est toujours un moment délicat. Tiens… Regarde.
Elle leva le bras en direction d'une branche de cerisier.
- Deux fées sont venues te faire un signe. L'une d'elles est encore dans son corps d'oiseau.
Je levai la tête et vit une merveilleuse petite créature assise sur une des branches d'un cerisier sauvage, et à ses côtés se tenait un petit oiseau exotique. Elle était entièrement nue et ses délicates ailes translucides, à la manière des libellules, scintillaient joliment.
À peine le temps de les admirer et les deux petites créatures avaient déjà pris leur envol.
Instant fugace et magique.

- Ce sont des messagères et la petite fée était ton rouge-gorge.
Elle est venue rouvrir les portes de ton cœur et te remettre sur le chemin du rêve et du merveilleux.

- Je n'ai pas eu le temps de la remercier…

- Elle ne l'attendait pas. Ce fut sa joie de te voir émerveillée.

Même dans mes rêves les plus audacieux, je n'aurais imaginé une telle chose.

Je restais silencieuse.


- Je veille sur toi depuis ta naissance. Je t'ai vu grandir et il n'y a pas si longtemps de cela, tu jouais avec moi, et bien d'autres esprits de la nature… Tu es une enchanteresse. Une passeuse.

Tu nourris le monde.

Tu es un lien entre nous, les esprits de la nature et l'humanité.

Tu arrives à la moitié de ta vie. Alors, il est temps…

- Temps de quoi ?

- De te souvenir de ta vraie nature, de qui tu es vraiment…

- …

Elle se tut et baissa la tête, comme en attente.

- Viens te placer devant moi, s'il te plaît.

J'obéis.

Dès que je fus face à Célia, mon attention fut attirée par un mouvement.

Les lapins bougeaient.

Deux d'entre eux s'étaient déjà levés sur leurs pattes arrières et le troisième les imita. Les petites boules de poils me donnèrent l'impression de s'affiner… De s'affiner à tel point qu'ils n'avaient bientôt plus l'air de lapins. Leurs poils disparurent…

Ils se transformaient… En fées.

Trois petites fées bleues et lumineuses hautes comme trois pommes !

Elles s'élevèrent à la hauteur de Célia et restèrent voleter près de son visage.

- Je vais te faire un cadeau, reprit Célia. Le plus beau que puisse faire une fée à un humain, poursuivit-t-elle en plaçant ses mains en coupe devant son cœur.

Une lueur apparut alors, qui devint vite une belle sphère de lumière rose.

- Je t'offre mon amour…

La sphère se fit plus sombre, plus rouge et se densifia. Des filaments dorés émergèrent alors et l'enlacèrent.

La lumière rose pulsa une dernière fois…

Se dessina alors un splendide cœur de cristal rouge rubis, serti dans de délicats entrelacs d'or.

- Je t'offre mon cœur.

Elle me le tendit.

Je n'eus pas le temps de réagir. Pas le temps de me sentir honorée et reconnaissante car les trois petites fées formaient déjà un Triskell autour du bijou ce qui provoqua immédiatement un jaillissement de lumière blanche, à tel point que je fus totalement aveuglée.

- Prends-le, entendis-je.

Je tendis les mains et, les yeux fermés, car toujours totalement éblouie, le saisis à tâtons.

Il était chaud. Il était même brûlant.

Tout mon être se tendit vers cette chaleur intense qui envahissait mes mains. Cette sensation, étrangement indolore mais pourtant violente, se mit à courir le long de mes bras, de mes épaules… Bientôt, tout mon corps fut totalement envahi par de sourdes et invisibles flammes. Pourtant, j'étais incapable de lâcher le bijou.

Que se passait-il ?

Je brûlais du dedans.

Je me consumais. D'un feu ardent et purificateur, qui fit monter en moi un irrépressible flot de larmes.

Les larmes de tristesse et de nostalgie.

Les larmes amères de l'oubli.

L'instant d'après, tout était fini.

Une seconde de plus, et mon cœur cédait.

J'expirai et fermai les yeux.

À genou dans l'herbe, la tête baissée et encore sous le choc, je tentais laborieusement de reprendre mon souffle.
Entre ici et nulle part.

Finalement, je retrouvais peu à peu mon calme et mes esprits et rouvrais les yeux. La lumière aveuglante avait disparu.
Machinalement, j'avais serré le bijou contre mon cœur. Je décrispais mes doigts petit à petit du cristal écarlate, mais le gardais en main.
Encore tremblante, je séchais mes dernières larmes.
Que m'était-il arrivé ?
Je me sentais vidée, mais étonnamment légère. Comme soulagée de quelque chose d'ancien, mais encore trop confuse pour en comprendre d'avantage.

- Tu es purifiée…
Je levais la tête.
Célia se tenait au même endroit mais les trois petites fées avaient disparu.

- Guérir de ses peurs et de ses blessures demande des années et mon cœur l'a fait en quelques instants. C'est forcément intense.
- Tu aurais pu me prévenir.
- Tu ne l'aurais peut-être pas fait si je t'avais dit que tu croirais mourir…
- C'est bien possible.

Je restai silencieuse un moment.

- Où sont les fées ?
- Parties se ressourcer… C'est toujours épuisant de se montrer.
Je ne trouvai rien à redire.

- Qu'est-ce qu'on fait maintenant ?
- Retourne-toi.

Un peu lasse, je me retournai donc.

Une porte immense, enserrée dans une arche de pierre monumentale, se dressait devant moi...
Les ruines avaient disparu, comme on s'incline devant une réalité plus grande.
Elle semblait si ancienne qu'on l'imaginerait être là depuis la nuit des temps.
Elle était fascinante.
La pierre, le bois, étaient sculptés dans les moindres recoins. J'avais l'impression qu'elle racontait une histoire… Et je brûlais de la décrypter.
En son centre, forgé dans le métal, trônait un très grand arbre. Un pommier. Au dessus, une lune qui semblait gouverner l'ensemble.
Tout le reste fourmillait d'entrelacs et de symboles que je ne comprenais pas.

Elle était  belle et imposante et j'en oubliais Célia, les fées, tout.

- Jusqu'ici, - je sursautais- ce sont les esprits de la nature qui se sont montrés à toi en se densifiant. Chez toi, dans ton monde.
Or, tu t'es allégée et désormais, c'est toi qui viens de faire un pas,  une incursion dans notre monde. Tu es passée de l'autre côté…

Machinalement, je regardais mes mains, pensant assez naïvement, me voir, me sentir plus… moins…

Célia s'en amusa.
- Enfin, pas tout à fait de l'autre côté ! Pas encore.
Tu es dans une antichambre… Le seuil de notre monde.
Tu es devant la porte de Dana…

…Qui mène en Avalon.

J'accusais le coup.

*Avalon…*

- Ce n'est qu'un mythe… Des histoires aux multiples auteurs, conçues au fil du temps…

- Il y a souvent une réalité derrière les mythes. Bien plus que tu ne peux l'imaginer d'ailleurs.

Avais-je le choix de ne plus croire, après tout ce que je venais de vivre. Une partie de mon esprit rationnel le croyait, mais il n'était plus le maître dans ma tête…

- Que dois-je faire maintenant ?

- Ouvrir la porte, bien sûr.

- Rien que ça.

- Tu as tout en main.

Je baissais les yeux sur le cœur de fée que j'avais toujours dans les mains.

- C'est une clef ?

- Oui.

- Où est la serrure ?

- Elle est simple à trouver.

- Sur la porte, je suppose.

Elle opina du chef.

Je m'en approchai.

Il y avait un motif complexe au centre du tronc de l'arbre… Ce devait être ici.

- Pour accéder à notre monde, il faut être léger, mais il faut surtout l'amour d'une fée…

Je plaçai le bijou au centre du motif. Les entrelacs de fer bougèrent et l'enserrèrent.

Je tendis la main à Célia qui la prit et se rapprocha de moi.

Je serrais sa main.

Pendant quelques instants, il ne se passa rien.

Et puis le bois de la porte disparut brusquement. Ne restait plus qu'une grille de fer forgé.

Aussitôt, une lumière chaude nous éblouit.

La lumière de l'aube

De l'autre côté de la grille, c'était l'aube en Avalon…

Les grilles s'ouvrirent. Célia fit un pas et se retourna vers moi en murmurant :

- Viens, il est temps de rentrer chez toi, Gwenaëlle…

# Le Chant de Fées

Te souviens-tu ? Lorsque nous avons perçu l'enfant que cette femme portait ?

Te souviens-tu ?

Nous avons su alors…

Nous avons su qu'il serait notre passeur.

Le point de départ.

Nous avons su que d'autres verraient le jour.

Que d'autres viendraient.

Nous avons su alors, que nous serions en chemin.

Et que son enfant ouvrirait la voie…

Avec d'autres.

Nous avons su que ce ne serait qu'à peine un sentier au début.

Mais que bientôt, de grandes allées s'ouvriraient.


Et qu'un jour, nous nous retrouverons,


Comme du temps où nous vivions ensemble.

J'ai fait un pas.
Un seul petit pas,
Et tout a basculé.

J'ai lâché la main de Célia…
Qu'ai-je fais ?
Dans quel enfer suis-je tombée ?

Dans les profondeurs de mes peurs…

J'ai pensé très fort à Célia…
Était-elle seulement réelle ?

Et puis, j'ai senti…
J'ai senti sa présence auprès de moi.
Sans soute ne m'avait-elle jamais quittée..
Je n'avais même pas réalisé avoir fermé les yeux.

Lorsque je les rouvris…
J'étais dans mon enfance.

Je m'étais convaincue, au fil du temps, une fois de plus,
que j'avais rêvé…
Pour ensuite, l'enfouir au plus profond de ma mémoire.
Comment pouvait-il en être autrement, d'ailleurs.
Comment croire réellement être passée, comme Alice,
de l'autre côté…

Lorsque j'ouvris les yeux,
J'étais dans le jardin de la dame aux loups…
Ysmaée, Zéfir, Alfyme, Cyle et Cléa.
Comment ces noms avaient-ils survécus à mon amnésie ?

J'avançai dans le jardin…
La voûte d'arbre, le grand peuplier… Tout y était.
Célia me sourit.
- Bienvenue chez toi, Gwenaëlle…

Les émotions se bousculaient dans mon cœur.
La nostalgie, la joie, le soulagement, mais aussi la peur…
Ici, je ne contrôlais plus rien.
Ici, je n'avais plus aucun repère auquel m'accrocher.
Ici, je devais faire confiance et lâcher prise.

Ce que j'avais été incapable de faire totalement jusque-là.
À la seule différence, qu'ici, je n'avais plus le choix…

Quel vertigineux constat !

- Sommes-nous vraiment en Avalon ?
- Assurément… Mais pour le moment, l'île des fées a revêtu l'apparence du jardin d'Ysmaée, la gardienne de la colline de ton enfance, afin que tu te sentes bien et que les souvenirs refassent surface d'eux-mêmes.
- C'est réussi, tout me revient… J'ai l'impression d'avoir sept ans et encore un peu de gâteau au chocolat au coin de la bouche. Je me rappelle tout de ce jour-là… Tout.
Je retrouvais même le délicieux parfum de glycine.
- C'est vraiment étrange…

- *Va l'accueillir.*
- *J'attends cela depuis si longtemps…*
- *Et mène-la à moi.*

Alors que je faisais quelques pas et que je m'émerveillais des lieux, Célia resta auprès de moi, mais lorsque que nous arrivâmes au centre de la clairière, elle s'arrêta.

- Tu ne viens pas ? la questionnais-je en me retournant.
- Nous devons attendre ici.
- Ah ! euh… Entendu ! bafouillais-je.

Le regard de Célia se fit alors vague et je la sentis partir dans son monde intérieur.

Ou à l'écoute de quelque chose ou de quelqu'un… Qui pouvait savoir ?

- On attend quoi ou qui ? osais-je demander malgré tout.
- Quelqu'un qui a beaucoup de choses à te dire…

Je ne trouvais rien à rajouter et je me taisais donc.
Et le silence s'installa.

J'étais en train de me faire à l'idée d'une longue attente - les fées n'ont pas de notion de temps, c'est bien connu - lorsque je vis quelque chose bouger non loin du peuplier. Je m'aperçus très vite qu'il s'agissait d'une fée…
Célia ouvrit les yeux et sourit.

La petite créature qui voletait vers nous était vraiment très jolie et plus grande que celles que j'avais déjà rencontrées.

Une superbe femme en miniature deux fois plus petite que moi…

Je notais au passage qu'une telle rencontre ne me surprenait plus et m'étonnais de la facilité avec laquelle je m'étais familiarisée à cet environnement extraordinaire…

Elle fut très vite à notre hauteur et Célia s'inclina à son approche.
Je l'imitais.

La fée resta silencieuse quelques instants, me considérant attentivement.

- Gwenaëlle, je suis ravie de faire ta connaissance. Appelle-moi Lithia, finit-elle par dire d'une belle voix chaude.
- Enchantée… murmurais-je, étonnamment intimidée.
- Viens, allons nous asseoir par là, fit-elle en indiquant une table ronde en pierre entourée de bancs circulaires.

Célia et moi prîmes place sur les bancs et Lithia s'assit en tailleur au centre de la table, face à nous.

- Bienvenue en Avalon, ma chère… J'espère que la manière de te mener ici ne t'a pas trop perturbée ?
- Vous voulez dire le rouge-gorge, les lapins-fées et Célia ? Si ! Un peu tout de même… Surtout la mort du petit oiseau à vrai dire. Je sais maintenant que c'était une fée - qui d'ailleurs va très bien semble-t-il - mais sur le coup, cela m'a un peu troublée.
- J'en suis désolée… Nous avions besoin de vous faire comprendre que les apparences sont parfois trompeuses et que, souvent, lorsqu'on croit que c'est la fin, en fait, c'est le début d'autre chose.
- Je comprends… Et du moment qu'en définitive, tout le monde va bien, fée-oiseau et lapins-fées, je suis satisfaite, plaisantais-je.

Elle me rendit mon sourire.

- Sais-tu que tu viens d'une famille étonnante ?
- Ah bon ? C'est vrai que ma mère est un peu farfelue et que son père l'était encore plus. Mais à part cela, je ne vois pas ce que nous avons de particulier…
- As-tu des souvenirs de Keran ?
- Pardon ?
- Ton grand-père, t'en souviens-tu?
- Vous le connaissiez ?
- Très bien…
- …

Mes souvenirs se bousculèrent et je revis celui que j'appelais Papi Keran avec beaucoup d'émotion. J'avais trente deux ans lorsqu'il est parti à l'âge incroyable de cent deux ans... Alors, oui, je m'en souvenais parfaitement.

- Comment l'oublier ? dis-je simplement.

- Tu viens d'une famille qui côtoie les fées depuis fort longtemps, ma chère... Depuis plus de cent ans, cinq générations, ajouta-t-elle avant que je puisse poser la moindre question.

Sa révélation eut pour effet de me réduire au silence.

Toutefois, je ne pus m'empêcher de faire le décompte...

- Cinq générations... Cela veut dire... Moi, ma mère Louise, mon grand-père Keran, sa mère Marie et...

- Jean. Il fut le premier. Mais son expérience fut si fugace qu'il n'en conserva aucun souvenir. Cependant, cela ouvrit d'immenses portes dans son esprit et cette ouverture servit à nourrir le cœur et l'âme du petit Keran... Ainsi, Jean, cet homme remarquable, fut le mentor de son petit-fils et Keran, ton grand-père, à son tour et sans que tu t'en rendes compte, fut ton guide.

- Nous habitions, mes parents et moi, tout près de la maison de mon grand-père et il aimait me raconter de fabuleuses histoires, c'est vrai. En fait, il passait son temps à cela. Pour la petite fille que j'étais, c'était merveilleux. Je me demande pourquoi je n'ai jamais parlé de mon amie Cléa, la petite fée, à pap... à mon grand-père ! Lui qui ouvertement disait adorer les fées...

- Peut-être bien que cela n'était pas nécessaire. C'était un secret tacite... Qui à force de non-dit, s'ensevelit tout au fond de ta mémoire et disparaît un jour... Comme s'il n'avait jamais existé.

- Qu'est-ce que j'ai bien pu oublier encore ! Tant de choses effacées de ma mémoire ! C'est affreux, je trouve. Tout ça enfoui dans mon inconscient ou sub-conscient, ou que sais-je ? Et sans vous et Célia, tous ces souvenirs seraient encore enterrés si profondé-ment que je serais morte ignorante !

Je m'affaissais sur mon banc, complètement dépitée.

Nous sommes des mystères pour nous-mêmes. Et nous n'avons aucune idée de ce que nous sommes en réalité.
Voilà les conclusions auxquelles j'arrivais…
Je songeais à mon grand-père. Keran…
Et ma bonne humeur revint, comme toujours lorsque je pensais à lui. J'aurais tellement aimé le connaître dans ses jeunes années…
- Keran, murmurais-je pour moi-même.
Je vis Lithia sourire tendrement.
Il faudrait du temps pour que je me fasse à l'idée que les esprits de la nature lisent dans les pensées !
- Vous l'aimiez beaucoup, dirait-on ?
- Enfant, Keran a bravé la lande une nuit de Samain et de pleine lune pour me retrouver… Je l'aime.
Je vis l'émotion monter en elle et j'en fus bouleversée.
Les fées pleurent-elles ?
Seul le silence sut apaiser notre émoi.
Lithia finit par se lever et me tendit la main.
- … Il est tant que je te présente quelqu'un.

Lithia s'envola et nous la suivirent.
J'interrogeais Célia du regard.
Elle leva un sourcil et me sourit sans pour autant m'en dire plus.
Je regardais cette grande dame marcher à mes côtés et je mesurais l'infinie étrangeté de cette situation. Lithia, qui avait pris de l'avance, se retourna et nous attendit en voletant.

Je pressais le pas.

Lorsque nous fûmes à sa hauteur, elle ferma les yeux et se mit à tourner sur elle-même.

Vite.

Très vite.

Une brume apparut et, en quelques secondes, elle s'évanouit dans un tourbillon de lumière. Ce dernier pour autant, ne disparut pas mais au contraire, s'intensifia.

Le souffle nous giflait Célia et moi.

Il sembla se stabiliser lorsqu'il eut atteint approximativement ma taille, et, finit enfin par laisser apparaître une silhouette blanche et lumineuse.

Quelques instants plus tard, c'est une splendide jeune femme blonde et tout de blanc vêtue qui se tenait devant nous. Les longues manches fluides de sa belle robe médiévale dansaient autour d'elle tandis que ces ailes - petites, translucides et légèrement bleues - luisaient délicatement.

- Lithia ?

Sans me répondre, elle nous fit signe de la suivre.

Un regard vers Célia.

Et à nouveau, elle se contenta de me sourire…

Je n'étais pas encore revenue de ce premier choc, lorsque nous contournâmes un grand peuplier…

Et lorsque je la vis, je tombais à genou.

Devant moi, il y avait…

Une Licorne !

Mon cœur chavira et je perdis connaissance.

 J'ignore combien de temps je restais inconsciente. Je me réveillais dans les bras de Célia alors que Lithia – devenue cette belle dame blanche – caressait la longue crinière de la merveilleuse créature.

J'étais abasourdi.

La pureté de cet être me transperçait l'âme. Et sa présence devenait presque insupportable tant elle était intense.

Célia me caressa le front avec douceur et, rapidement je me calmais…

- Merci, murmurais-je dans un souffle.

- Approche… dit Lithia.

Je ne pus retenir plus longtemps mes larmes qui se mirent à couler à flot.

Un flux continu d'émotions contenues.

- Approche… Ma sœur.

Soutenue par Célia, je fis les quelques pas qui nous séparaient.

J'étais tout près de Lithia… Tout près de la licorne.

Je pouvais la toucher.

Sa présence me brûlait d'une ardeur purificatrice…

Du feu de l'amour.

- Keran m'a connue sous l'apparence d'une petite fée nommée Lithia et je me suis présentée à toi sous ce même nom et ces mêmes traits. Mais en vérité…

Elle fit une pause.

- Je suis la Dame à Licorne…

La reine éternelle d'Avalon.

Mes larmes continuaient de couler.

Peut-être fallait-il toute cette eau pour éteindre le feu qui couvait en moi ?

Pourquoi avais-je la sensation de me consumer ainsi ?

La Licorne tourna sa belle tête vers moi.

- Les derniers voiles brûlent. Les voiles qui dissimulent
encore ta vraie nature à ton cœur et ton esprit.

Ses paroles résonnèrent dans ma tête, comme une
vérité absolue.
- Touche-moi…
Je posais la main sur son encolure.

Alors, la dernière brume se dissipa…
Et tout me revint. Je me souvins alors d'un pacte…
Entre une Sylphe, la Dame et la Licorne.
Un pacte d'amour et de pureté.
Je me souvins d'une Sylphe qui voulait accéder à la vie
éternelle,
Une Sylphe qui voulait une âme.

- Parce que tu viens d'une lignée liée aux esprits de
la nature,
La Sylphe t'a choisie, toi.
Après l'enfance, tu t'es perdue…
Mais cela n'a plus d'importance.
Seul ce qui se passe ici a de l'importance.

Tu es ancienne, mais ton âme est toute jeune.
Tu es un être à part.
Tu es une Sylphe, révéla la Dame blanche.

Tu es puissante et fragile à la fois.
C'est pour cela que la Licorne et moi avons scellé
ce pacte.
Un pacte de protection.
Nous sommes, en quelque sorte, tes anges…
Gardiennes de ta singularité.
Tu peux apporter au monde tant de choses,
poursuivit-elle.

Tu peux devenir le pont entre nos deux mondes…
Tu es si précieuse…
Nous ne te quitterons plus.
Et les portes d'Avalon te sont désormais ouvertes...

... À jamais.

# Petite Biographie

Née en 1969 à Quimper, Sandrine a toujours eu une imagination proche des légendes celtiques et autres contes bretons. Les vieilles rues de Locronan et sa passion pour les films fantastiques (Dark Crystal, Legend etc.) vont l'entraîner, sur les conseils d'un grand affichiste breton, Alain Le Quernec, à s'inscrire après son bac, dans une école d'art à Paris.

Ainsi, c'est à l'E.S.A.G (École Supérieure d'Arts Graphiques Mets de Penninghen) qu'elle débute son apprentissage.

Ces trois années passées dans cette école furent intenses et extrêmement formatrices et les bases essentielles qu'elle y a apprises sont pour beaucoup dans sa réussite.

Une fois sortie de l'école, Sandrine continue de travailler pour s'améliorer et, pendant un an, se constitue un dossier plus personnel à présenter aux éditeurs.

Parallèlement, elle travaillera sur deux projets de BD, qui, malheureusement, n'aboutiront pas.

Sandrine cherche alors à découvrir d'autres horizons et ses premières illustrations (à l'acrylique) vont paraître dans la presse spécialisée dans le Fantasy et jeux de rôle (Tilt, Casus Belli, Dragon magazine).

À cette même époque, elle fera même une couverture d'un jeu pour PC (1993) Arena, the Elder Scroll chez Ubi Soft...

Au même moment, Sandrine commence à faire des couvertures de romans et dont la première se fera aux éditions Denoël en 1994 (suivront les éditions Mnemos, J'ai lu, France loisirs, Nestiveqnen)

Elle rencontre aussi les éditions Gründ et illustre son premier livre pour enfants dans la collection Viviez l'aventure.

Il y en aura quatre autres : La Cité aux 100 Mystères et La Vallée aux 100 Prodiges, La Colline aux 100 Fées et les 100 prodiges au royaume des Elfes.

Sandrine choisira alors l'aquarelle dès son deuxième livre.

Parallèlement à ces ouvrages, elle illustrera des couvertures de jeux de rôles, des cartes de collection (type Magic) et participera aux revues Casus Belli et Dragon Magazine, Faeries et même Science et vie junior…

Et puis, en 1999, Sandrine ose enfin aborder, en autodidacte, la peinture à l'huile pour illustrer ses couvertures de roman.

2005 est un tournant dans le parcours de Sandrine.

En effet, elle illustre sa première Encyclopédie du Merveilleux, d'Édouard Brasey aux éditions Pré aux Clercs. Il y en aura trois tomes et suivront les Encyclopédie du Légendaire, des Héros, des Elfes, la Bible des Fées, et récemment, l'Encyclopédie du Hobbit.

À partir de 2007, toujours avec le Pré aux Clercs, paraîtra chaque année un Calendrier des Fées et à partir de 2010, des Agendas du Merveilleux, et ce, jusqu'en 2014.

# Petit mot...

Le Temps des Fées, c'est celui de mon enfance.

Le temps où j'ai découvert les contes de Fées peuplés d'Elfes et les Lutins facétieux… J'aimais ces légendes extraordinaires, parfois improbables et toujours fabuleuses.

Elles peuplaient mon imaginaire, comme on colonise un lieu, comme on aménage dans le grenier… Comme on s'installe chez soi…

J'aimais aussi inventer des histoires… Et surtout, y croire.

J'aimais rêver, créer, comme on trame un sortilège… Une bulle chimérique qui me protégerait du monde extérieur.

Alors on disait :

Sandrine est dans la Lune… Sandrine est dans son monde…

Oui, j'y étais…

Et j'y suis encore… Non pas prisonnière d'un passé révolu… Mais toujours en contact étroit avec la petite fille lunaire que j'étais. Cette enfant qui me protège du fatalisme, de l'insensibilité et de l'indifférence ambiante.

J'aimais et j'aime toujours quand la nuit tombe et que je ferme les yeux… Et que je tisse… Que je tisse la toile de ma deuxième vie… De l'autre côté du miroir… Là où mon autre famille demeure, là où je les rejoins parfois…

Ainsi, j'ai grandi… Tantôt petite fille timide et rougissante pour les inconnus, tantôt petit clown souriant pour les miens…
C'est difficile, lorsque l'on est timide, de ne pas laisser les autres vous manger… Vous prendre votre espace… Vous écraser… Cela n'a pas été facile de rester en contact avec cet univers car tout, dans ce monde, est fait pour nous en arracher… Mais je me suis accrochée… De toutes mes forces… Je savais que là était ma vérité.
Mes rêves ne m'ont pas protégée de tout, bien sûr… Loin s'en faut.
Mais ils m'ont aidée à vivre.

Ainsi, en grandissant, j'ai posé mes rêves sur le papier… J'ai dessiné.
Le dessin m'a sauvé la vie… Il m'a fait exister… À mes yeux et aux yeux des autres.
Plus tard, la peinture m'a tout bonnement révélée à moi-même… A fait sortir le papillon de sa chrysalide.
Aujourd'hui, petit à petit, comme une fleur, je m'épanouis. Parfois, ces petites métamorphoses successives sont douloureuses. Et sur le coup, on n'en comprend pas toujours le sens. Mais le chemin en vaut la peine et je suis sûre que, vous aussi, vous en êtes persuadés.

Certains artistes cherchent dans leur art à se soigner, une catharsis souvent nécessaire, mais parfois destructrice. D'autres cherchent à décrire le monde.
Dans sa beauté… Ou son horreur.

Personnellement, je me cherche…
Et découvrir qui l'on est n'est pas chose aisée. Mais c'est mon chemin.

Tout ce parcours ne serait pas ce qu'il est sans mon homme, Didier, qui est devenu mon mari il y a quelques années, après dix-huit années de vie commune… Son soutien indéfectible, son amour sans limite, est un magnifique cadeau de la vie…

Et puis, un petit bonhomme nommé Alvinn, mon fils, est venu au monde et a embelli ma vie encore plus et pour toujours…

Désormais, tous les deux, m'accompagnent dans ma quête de vérité et de beauté.

* *Référence au livre Artbook, ou le temps des Fées, aux éditions Au Bord*

## La Petite Faiseuse,
### ou l'étonnant voyage d'une Fée

Récit initiatique qui amènera une Fée amnésique à rencontrer Licornes, Dragons et autres créatures tout aussi fabuleuses et étranges, et surtout à se trouver elle-même.

## Carnet de Croquis,
### ou Lily et la clef des songes

C'est un bien curieux narrateur qui nous entraîne dans l'univers de Sandrine Gestin puisqu'il s'agit de Lily, son chat !
Observateur passionné, il brosse par touches subtiles un portrait émouvant de sa maîtresse.

## Rêveries de Fées, tome 1 et 2

Après La Petite Faiseuse et plus récemment un Carnet de croquis, Sandrine nous dévoile, au fil des pages de ces deux nouveaux volumes, les illustrations (huiles et crayonnés) d'un univers subtil et poétique.

## Artbook,

### le temps des Fées

Sandrine présente à son large public les nombreux croquis, peintures et illustrations, connus ou inédits, de 15 années de carrière, et qui raviront autant les amateurs de fantasy que les nombreux fans de cette jeune artiste.

## Sous le signe des Fées

Dans cet ouvrage, Sandrine Gestin, en attribuant à chaque signe du zodiaque une fée, nous présente un ensemble d'images merveilleuses qui permet aux lecteurs de découvrir avec poésie et finesse ce qui constitue l'univers et les caractéristiques féeriques de chacune de ses créatures... et de chacun de ses lecteurs !

## La légende des Dames de Brocéliande

On retrouve dans cet ouvrage de Sandrine Gestin, tout l'univers du merveilleux médiéval dont elle est si familière. On pénètre en sa compagnie, au coeur de Brocéliande pour y rencontrer les belles Dames des châteaux, telles Guenièvre, Morgane, la dame à la licorne, Iseult, entre autres.

## Merveilles et Légendes des Dames de Brocéliande

Dans cette nouvelle collection Merveilles et Légendes, *voici une version augmentée en textes de l'ouvrage* La légende des Dames de Brocéliande.

# Index

*Je remercie*

*Didier pour son amour, ses encouragements et son aide*

*précieuse lors de la création de ce livre, ainsi que*

*Patrick Jézéquel pour sa confiance, sa lecture attentive et*

*ses remarques judicieuses.*

*Textes, illustrations, design et mise en pages :*
*Sandrine Gestin*
www.sandrinegestin.com

*Rejoingnez Sandrine Gestin sur sa page facebook :*
*https://www.facebook.com/actualites.sandrinegestin?ref=hl*

©2014 Au Bord des Continents...

BP : 87227

29672 Morlaix Cedex

Tel. : 02 98 63 37 80

Fax. : 02 98 63 84 47


E-mail : mail@au-bord-des-continents.com

www.au-bord-des-continents.com

Je remercie

Didier pour son amour, ses encouragements et son aide
précieuse lors de la création de ce livre, ainsi que
Patrick Jézéquel pour sa confiance, sa lecture attentive et
ses remarques judicieuses.

Textes, illustrations, design et mise en pages :
Sandrine Gestin
www.sandrinegestin.com

Rejoingnez Sandrine Gestin sur sa page facebook :
https://www.facebook.com/actualites.sandrinegestin?ref=hl